LAMEKIS,

ou

LES VOYAGES

EXTRAORDINAIRES

D'UN EGYPTIEN.

SEPTIEME PARTIE.

IL ne falloit pas moins pour me faire parler, ô *Lamekis*, que la crainte de perdre une amitié qui m'est chere, & dont je fais le plus grand cas. Souvenez-vous que vous me contraignez à rompre le silence; & que vous exigez une sincérité dont je tremble pour vous.

A ij

Après ce préambule je commence ; vous regretterez, mais trop tard un aveu qui va faire votre infortune. Plût au Pere de la lumiere que je ne vous euſſe jamais connu ! Je ne me trouverois pas dans le cas de vous apprendre les choſes les plus cruelles ; votre trop tendre & trop crédule amour vous amene en ces lieux , vous venez en mari tendre & fidéle ſurprendre une époufe inconſtante & volage , & lui donner ſans doute des preuves d'un attachement qu'elle ne mérite pas. O malheureux *Lamekis* , que je vous plains ! *Clemelis* eſt diſparue depuis quelques jours, ſon voyage eſt un ſecret profond , à peine eſt-il permis de le pénétrer ; n'eſt-ce pas même trop riſquer de prétendre avoir trouvé le nœud d'une intrigue con;

duite avec toute la prudence &
l'habileté possible ? Mais que
dis-je ! Ne m'en croyez pas, ce
ne font peut-être ici que des
conjectures ; il faudroit des
preuves convaincantes , & je
n'ai à vous rapporter que des
foupçons: ils me féduifent peut-
être ; ce fera à vous d'en juger.

Ce début me fit treffaillir jufqu'au fond du cœur ; mais je dé-
vorai mon émotion par la crainte qu'elle ne me dérobât quelques circonftances de mon mal-
heur. *Zelimon* qui m'obfervoit ,
me voyant prêt à l'écouter, reprit ainfi fon difcours.

Il y a quelques jours qu'étant
enfermé avec le Roi , auquel
je rendois compte d'affaires
importantes , je fus témoin de
la reception d'un billet lû avec
des marques d'embarras & d'é-
motion ; je feignis de ne pas

m'en appercevoir, & je continuai mon travail. Le porteur
de cette Lettre me parut être
un des Officiers de *Clemelis* ; il
attendoit les ordres de l'*Houcaïs*, & j'eus le tems de l'examiner. Plus je le confidérai, &
plus je me perfuadai que je ne
me trompois pas. Cette idée fit
naître ma curiofité, votre époufe adorable avoit des occafions
perpétuelles de voir l'*Houcaïs*
chez la Reine, & je ne pouvois m'empêcher d'être étonné
qu'elle eût recours à des Lettres pour lui faire part de chofes
indifférentes. J'obfervai adroitement fi je pourrois éclaircir
les foupçons d'une intelligence marquée depuis long-tems,
& dont j'avois cependant re-
jetté l'idée jufques-là. Le Roi
me donna bientôt lieu de m'en
convaincre ; il conduifit l'Offi-

LAMEKIS,

OU

LES VOYAGES

EXTRAORDINAIRES

D'UN EGYPTIEN

Dans la Terre intérieure ;

AVEC

La découverte de l'Isle des Sylphides,

Enrichis de Notes curieuses & nouvelles.

SEPTIE'ME PARTIE.

Par M. le Chevalier DE MOUY.

A LA HAYE,

Chez NEAULME.

M. DCC. XXXVIII.

cier de *Clemelis* dans un cabinet voisin, & oublia la Lettre qu'il en venoit de recevoir sur un marbre où il s'étoit appuïé pour la lire ; j'y jettai les yeux le plus promptement que je pus ; le billet étoit signé de *Clemelis*, & en le parcourant des yeux, j'entrevis qu'il contenoit des mots d'amour, d'impatience, & de voyages, qui ne me donnerent pas lieu de douter qu'il s'agissoit d'un commerce réglé entre le Prince & cette charmante femme. Le Roi que j'entendis rentrer, m'empêcha de m'éclaircir davantage, & me fit remettre promptement à ma place ; il parut quelque tems rêver profondément, ensuite il se remit à travailler. Je ne doutai pas que *Clemelis* n'eût part à ce que je venois d'observer, & je ne tardai pas à en être parfaitement convaincu.

Environ une heure après ce qui venoit de se passer, j'entendis siffler (*a*) dans la serrure du petit cabinet, je voulus me lever pour épargner au Souverain la peine d'aller sçavoir qui demandoit à y entrer ; mais il m'ordonna de rester & de continuer à travailler jusqu'à son retour ; il ferma ensuite la porte après lui.

Cette précaution me sembla suspecte ; je me rendis à cette porte, & au travers de la serrure j'examinai si je ne pourrois point parvenir à démêler la personne qui étoit enfermée avec le Roi : le hazard & mon industrie me servirent le plus heureusement du monde ; j'entre-

(*a*) Il n'y avoit que chez Roi, où il fût permis de siffler. C'etoit la marque du plus profond respect ; avant que d'avoir l'honneur de lui parler il falloit le siffler, & c'étoit lui en demander permission.

ris l'*Houcaïs* qui donnoit son genoux (*a*) à baiser à *Clemelis* : elle
lui parla ensuite avec beaucoup
d'action, & puis l'*Houcaïs* la prit
& la conduisit plus loin ; quelque chose que je fis pour en voir
davantage, je ne pus y réussir ;
je tentai d'entr'ouvrir la porte
le plus doucement qu'il me fut
possible, mais elle étoit fermée
en dedans; cette précaution me
fit penser bien des choses : ô
Lamekis, n'en auriez-vous pas
pensé autant à ma place ? Mais
on peut se tromper, je vous l'ai
déja dit, les apparences ne doi-
vent pas être légerement crues.

Je rêvois à toutes ces choses
en plaignant en moi-même le
sort fatal attaché à l'union con-
jugale, & en faisant en moi-mê-

(*a*) Faveur que les Rois n'accordoient
qu'aux Princes de leur sang, ou à leur
favori.

VII. Partie. B.

me de bons fermens de ne ja-,
mais me mettre dans le cas que
pareille chofe m'arrivât. Lorfque la porte s'ouvrit, le Roi me
fit figne de me retirer. Il avoit
un air d'émotion dont je ne
pouvois pas deviner la caufe;
j'obéis. Le même jour ce Prince tint un Confeil fecret, à l'if-
fue duquel il nous apprit qu'il
feroit quelques jours fans nous
voir, devant s'enfermer, affu-
roit-il, pour des affaires d'importance avec fon premier Miniftre. Tout le monde le crut,
pour moi j'en doutai. J'imagi-
nai que cette conduite renfer-
moit un myftere, & qu'elle étoit
une fuite de fon entrevûe avec
Clemelis. J'avois les yeux trop
ouverts pour ne pas voir clair,
& je compris bientôt que je ne
m'étois pas trompé.

Je fus chéz la Reine à l'af-

semblée qui se tenoit toutes les
après diner ; quoique je dusse
m'attendre à n'y pas rencontrer
Clemelis, j'en fus aussi surpris
que si je n'eusse eu aucun lieu
de m'en défier ; je m'informai
adroitement de la cause de cette absence : on me répondit
qu'elle étoit incommodée , &
que la Reine lui avoit défendu
de sortir de son appartement,
qu'elle ne fût entierement réta-
blie. Ce prétexte m'a semblé
d'autant plus singulier, ô *Lamekis*, qu'il semble que la Reine
en soit de moitié. Je n'ai pû
rien comprendre à cette conduite, mes conjectures ont toujours varié jusqu'ici; en effet ,
sur quoi les asseoir ? L'*Houcaïs*
continue d'être absent, ou ne
voit personne; *Clemelis* est enfermée, assure-t'on, dans son appartement; je n'ai rien de plus

à vous dire. C'eſt à vous, ô *Lamekis*, à pénétrer, ſi vous pouvez, un myſtere ſi obſcur, pour moi je n'oſe en dire davantage; mais qu'ai-je fait, n'en ai-je pas trop dit pour votre tranquillité? Mon imprudence en ce cas ſeroit extrême, & je m'en repentirois le reſte de mes jours.

Je fus aſſez maître de moi-même pour dérober à *Zelimon* une partie de la fureur dont j'étois tranſporté ; pendant qu'il me plongeoit un poignard dans le ſein par ſes conjectures cruelles, je méditois la plus terrible vengeance ; elle n'alloit pas moins qu'à faire périr les criminels auteurs de mon deshonneur. Ma réponſe à *Zelimon* fut concise, je lui dis qu'après ce qu'il m'avoit rapporté, le ſeul parti qui me reſtoit, c'étoit de m'éloigner pour jamais. Le

traître combattit par politique
ce deſſein ſuppoſé ; mais que
ſes moyens pour me retenir,
étoient expoſés avec malignité !
combien n'avois-je pas de com-
pagnons de mon infortune, me
diſoit-il ? la Cour même n'en
faiſoit-elle pas voir un nombre
conſidérable ? Si quelques ma-
ris par brutalité plûtôt que par
honneur avoient recourus à des
partis violens, ajoutoit-il, qu'a-
voient produit les effets cruels
de leur vengeance ? la perte de
leur fortune & le blâme univer-
ſel : aux malheurs ſans retour la
patience eſt le ſeul reméde ; il
y en a même qui les ont fait ſervir à monter au plus haut de-
gré de fortune ; & tout conſi-
déré, ſi ce parti n'eſt pas le plus
eſtimable, du moins eſt-il le
plus ſûr & le moins dangereux.
Je contins encore l'horreur que

j'avois pour ces cruelles maximes, auffi-bien que celle que me caufoit fa préfence ; on ne peut aimer ceux qui nous portent des coups auffi fenfibles ; je pris en averfion *Zelimon*, & dans la crainte de ne pouvoir la contenir, je prétextai ne pouvoir plus vivre dans des lieux où mon honneur étoit déchiré par d'auffi fenfibles endroits. Il me demanda ce que je voulois devenir ? Fuir à l'autre extrémité de la terre, fuppofai-je, rompre commerce avec tout le genre humain, & ne me remontrer jamais. Hélas ! je ne croyois pas dire fi vrai ; l'expérience m'a fait connoître que j'avois fçu prévoir tout ce qui m'eft arrivé.

Au fortir de chez *Zelimon*, je fus me cacher dans la maifon qui m'avoit été arrêtée, j'attendis là l'occafion favorable pour remplir le deffein de vengeance que j'avois conçu. Je voulois furprendre l'*Houcaïs* avec ma femme, & laver dans leur fang criminel les taches de mon deshonneur ; mais je ne voulois rien rifquer. Il n'étoit pas facile de s'introduire dans l'appartement de *Clemelis*, à caufe qu'il n'étoit pas éloigné de celui de la Reine, & felon les apparences il devoit être confondu avec celui de fes autres femmes ; il falloit s'introduire adroitement, & pour y parvenir reconnoître les lieux. J'étois encore fi foible, que je defefpérois quelquefois de venir à bout de mon deffein.

La fureur fuppléa à la force; elle étoit d'autant plus redoutable, qu'elle raifonnoit & pefoit avec tranquillité l'importance des coups qu'elle vouloit por-

ter. Je me rendis à l'appartement de *Clemelis* déguifé en
Bour-rouk, (a) & j'avois fais prendre le même habit à un Efclave
dont je connoiffois le zéle, la
bravoure & la fidélité. Les appartemens des Rois font toujours ouverts, excepté aux heures indûes ; j'efpérai fous mon
habillement refpectable m'introduire jufqu'à l'appartement
de ma femme perfide, en fup-
pofant aux gens inquiets & cu-
rieux de la caufe de mes infor-
mations que j'avois des Lettres

(a) *Bour-rouk*, efpéce d'Hermites qui
avoient la prérogative d'entrer par tout ;
en criant *ab-da-kak*, qui fignifie gloire au
très-Haut. Ces perfonnages étoient vêtus
d'une robe de fer-blanc, avoient une to-
que de cuir de Rouffi, le vifage teint de
couleur de merde d'oifon & des fandales
d'ofier, un furtout de peau de vache paffée
à l'urine de bouc, leur fervoit de manteau
& leur donnoit un air de majefté qui im-
primoit beaucoup.

de crédit à lui remettre pour me protéger auprès de la Reine, & qu'ignorant l'heure où je devois me préfenter, je faifois les perquifitions requifes en pareilles occafions.

Il fut heureux pour les coupables qu'ils ne fe fuffent pas trouvés fous ma main. Nous pénétrâmes jufques dans l'appartement de *Clemelis* : il y regnoit par tout une folitude qui me furprit ; un feul cabinet vitré étoit fermé à clef ; l'idée que j'eus qu'elle y étoit renfermée, (car un jaloux fe perfuade les chofes les moins vraifemblables) me fit defirer d'y entrer ; après beaucoup d'efforts pour y parvenir, nous enfonçâmes la porte. Tout étoit fait fans doute pour confirmer mes préventions ; je reconnus à la lumiere d'une bougie portée dans une lanterne

sourde un portrait en porphire
(a) de l'*Houcaïs* , qui alluma à un
tel point ma fureur , que je le
brisai en morceaux.

L'agitation que me causa cette expédition, à laquelle je prenois un singulier plaisir, me fit
trouver mal ; je me jettai sur un
sopha, à côté duquel étoit une
table sur laquelle je m'appuyai.
Mais ayant touché quelque
chose de la main , qui fit du
bruit, je fis approcher la lumiere ; c'étoit un papier écrit , où
étoit le brouillon d'une Lettre,
chose que je reconnus telle au
nombre de ratures dont il étoit

(a) La Peinture n'étoit point en usage
dans ce tems, & l'on tiroit le portrait d'une
façon très-singuliere. L'on avoit le secret
de fondre le porphire ; lorsqu'il étoit liqui-
de, on vous couvroit le visage d'un mas-
tique avec lequel on attrapoit tous vos
traits , ensuite on jettoit ce porphire fondu
dans ce mastic refroidi, ce qui rendoit un
visage trait pour trait.

rempli, le caractere en étoit de *Clemelis*. Je lus, ou pour mieux dire, je déchiffrai ce qui suit avec emportement.

LETTRE DE CLEMELIS.

SI je vous aime, ingrat, en avez-vous jamais pû douter? A peine vous ai je connu que mon cœur vous a été attaché par les liens les plus doux. Si je vous aime, hélas! il n'y a point d'instans dans ma vie qui ne vous soient consacrés; je vous vois en tous lieux; je vous cherche par tout, & je vous demande à tout ce que je vois; après cela demandez-moi si je vous aime.

Que peut la prévention lorsqu'on est aveuglé par la jalousie! Je frémis de rage à la vûe d'une passion si légitimement exprimée. Je conservai cette

Lettre comme une preuve de la
juftice de mon reffentiment, &
je me cachai dans ce même cabinet, dans l'efpérance que la
perfide viendroit tôt ou tard
fe livrer à ma jufte fureur.

Je me trompai , je paffai la
nuit & le jour fuivant fans que
perfonne parût : mon étonnement fut fans égal , je ne doutai
pas que je ne fuffe trahi ; mais
ce qui me confondoit, étoit de
fçavoir par qui ; je n'avois con-
fié mon fecret à perfonne ; mon
Efclave même ignoroit les raifons qui m'avoient amené dans
ces lieux; pour *Zelimon*, à moins
qu'il ne s'entendît avec *Clemelis*,
ce qui ne paroiffoit pas naturel,
perfonne ne pouvoit m'avoir
découvert. Le réfultat de ces
obfervations fut de penfer que
ma femme étoit avec l'*Houcaïs*
dans quelqu'une de fes maifons

de campagne : cela certain, il n'y avoit pas lieu de pouvoir me fatisfaire , & encore moins de m'y acheminer fans rifquer mon projet ; je l'avois trop à cœur pour le rendre incertain, mon parti fut d'attendre. Je me tins caché dans une maifon écartée jufqu'au retour de *Cle-melis* ; j'envoyois mon Efclave tous les jours à la Cour , afin d'en être informé fur le champ. La perfide , me difois-je , ne fera pas toujours dans les bras de fon Amant, elle reviendra tôt ou tard , ma vengeance la pourfuit, il faudra bien qu'elle y fuccombe à la fin.

Huit jours étoient déja paf-fés fans avoir aucune nouvelle de *Clemelis* , je commençois à m'en impatienter & à prendre des méfures pour en faire une recherche nouvelle , lorfque l'Esclave dont je me servois pour m'en rendre compte, arriva tout ésouflé & la joye peinte dans les yeux. Je lui avois donné ordre de me rapporter dès que l'*Houcaïs* ou ma femme seroient de retour; il s'imaginoit sans doute à cause de mes inquiétudes, dont il étoit souvent le témoin, que l'une & l'autre de ces choses me tenoient également à cœur. Il m'apprit que le Roi venoit de paroître en public ; j'en tressaillis de joye, selon mes préjugés, *Clemelis* ne devoit pas tarder de revenir à la Cour. O trop funeste hazard !... ma conjecture ne fut que trop juste, elle y revint dès le même soir.

A peine m'en fus-je assuré, que je me rendis sous le déguisement dont j'ai parlé, au Palais. Mais quelle fut ma surpri-

ſe & ma douleur en approchant
de l'appartement de *Clemelis*,
de le voir environné d'une foule de monde, qui annonçoit
qu'il s'y étoit paſſé des choſes
extraordinaires. Lorſque je m'en
fus informé, je n'en fus pas ſur-
pris, j'aurois bien dû m'y attendre, & par conſéquent les prévoir. Le cabinet de *Clemelis* que
j'avois ouvert de force, & le bu-
ſte du Roi caſſé, occaſionnoient
la rumeur. Ma femme qui
n'en avoit pû pénétrer la cauſe,
& qui en avoit été effrayée, s'é-
toit plainte de cette violence.
Le Roi en étoit averti, & s'étoit
rendu lui-même dans cet appartement, afin d'être mieux au
fait d'une aventure auſſi ſinguliere. On répandoit ſourdement
le bruit d'une conjuration ſe-
crete : aux événemens les plus
ſimples on y attribue dans les

Cours les principes-les plus im-
portans.

Le Roi resta plus de trois
heures chez *Clemelis*, & en sortit avec un air distrait & rêveur.
Je profitai de l'instant que la
foule le suivoit, pour m'introduire dans l'appartement de ma
femme ; je me jettai dans le premier endroit où je pus me cacher : c'étoit une garde-robe,
elle avoit une porte qui rendoit
à la chambre à coucher de *Cle-*
melis ; je la reconnus à travers
de la serrure, pouvois-je être
mieux placé ?

J'attendois avec une impatience qui ne peut s'exprimer,
que le calme de la nuit favori-
sât mon dessein. Le *zenguis* à la
main, & colé à la porte du
cabinet, j'écoutois attentive-
ment, afin de me glisser dans
l'appartement de *Clemelis* quand
le

le tems me paroîtroit favorable,
lorſqu'un cri perçant m'émeut
& redoubla mon attention ; la
porte que j'avois entr'ouverte,
me fit entendre ce qui y avoit
donné lieu ; un homme ſe trou-
voit caché comme moi dans ſa
chambre, & avoit voulu ſe porter ſans doute à quelque violence. Quelle fut ma ſurpriſe !
c'étoit *Zelimon*, je l'appris aux
premiers reproches de *Clemelis* ;
quel étoit ſon deſſein ? Jugez,
ô *Sinoüis*, ſi je fus attentif ; j'appris dans ce moment qu'il étoit
un traître & le plus fourbe de
tous les hommes, vous en allez
juger.

Clemelis après l'avoir traité de
tous les noms qu'il méritoit, lui
dit avec une hauteur impoſan-
te de ſe retirer, ou qu'elle alloit
le perdre : ſans la conſidération
extréme que j'ai pour votre pe-

re, ajouta-t'elle, le Roi seroit informé dans le moment de votre extravagance.... Vous m'aimez, dites-vous? plaisante excuse, & beaux moyens pour me le persuader! Je vous avois cru jusqu'ici un homme raisonnable, mais je ne vous connoissois pas, vous avez sans doute perdu l'esprit, & le mieux qui pourroit vous arriver, seroit qu'on vous mît en lieu de sureté; sortez, vous dis-je, & ne me repliquez pas, vous devriez déja m'avoir obéi.

Zelimon, au lieu de se retirer, demanda un moment d'entretien, non pour donner des couleurs, disoit-il, à sa faute, mais pour en obtenir le pardon par un service important, d'où dépendoit le repos des jours de *Clemels*. A peine voulut-elle l'entendre, mais mon nom qu'i prononça , la fit changer de conduite. Elle lui demanda avec empreſſement s'il ſçavoit ce que j'étois devenu , & la raiſon pour laquelle il en étoit mieux informé qu'elle.

Cette queſtion embarraſſa *Zelimon* , tout préparé qu'il étoit à répondre, il ſe coupa dix fois ; il débuta d'abord par dire que l'amour que j'avois pour une jeune Phénicienne, étoit la cauſe de mon éloignement. Un inſtant après que j'étois jaloux, & que ſans lui je me ſerois porté aux dernieres extrémitez contr'elle : il n'avoüoit pas que c'étoit lui qui m'avoit appris tout ce que je croyois. Ce que je conjecturai dans toutes ces choſes, fut qu'il étoit un fourbe, un ſéducteur, & que comme tel je devois m'en venger.

Il n'en fut pas de même de
C ij

Clemelis ; non seulement elle crut tout ce qu'il lui plut de lui dire , mais même elle lui pardonna , pourvû, disoit-elle, qu'il lui rendît un compte sincére de mon intrigue avec la jeune Maîtresse qu'il m'avoit supposée, & qu'il lui aidât à me retrouver. *Zelimon* qui étoit le plus amoureux de tous les hommes , & qui se crut alors le plus heureux, me peignit avec les couleurs les plus noires, & détailla de moi des aventures aussi éloignées du vrai, qu'il étoit faux lui-même. Je n'y pus pas tenir davantage; j'entre tout à coup : malgré mon déguisement, *Clemelis* me reconnoît, elle me tend les bras, un coup de *zenguis* répond à des caresses que je crois supposées. *Zelimon* qui se voit convaincu de perfidie , veut en vain s'échapper , il demeure comme on terme, & reçoit la punition qu'il mérite.

A peine eus-je satisfait à une vengeance que je croyois légitime, qu'une réflexion cruelle vint en empoisonner la douceur. Si *Clemelis* étoit innocente, me dis-je, & que le traître que je viens de punir m'en eût imposé sur son compte comme il a fait sur le mien, ne serois-pas le plus barbare & le plus cruel de tous les hommes ? Cet égard enfanta mille remords. Je jettai les yeux sur l'infortunée *Clemelis*, la paleur de la mort couvroit son visage adorable, elle étoit tombée les bras étendus & dans la même situation qu'ils s'étoient présentés pour m'embrasser. Mes yeux se mouillerent de pleurs à ce cruel aspect : ô Ciel, m'écriai-je, qu'ai-je fait! Je n'en pus dire davantage, le fentiment du remords & de la douleur me faifit avec tant de force, que je m'évanouis.

Lorfque je revins de mon faififfement, je me trouvai dans les chaînes & dans un cachot ténébreux environné de gens qui faifoient leurs efforts pour me faire revenir, & qui n'attendoient que ce moment pour me faire parler. A peine eus-je ouvert les yeux, qu'une voix s'écria, qu'on avertiffe *Boldeon*. Je frémis ; il devoit m'interroger fans doute ; qu'avois-je à lui répondre ? Quelles preuves pouvois-je lui donner de mon deshonneur pour excufer le crime qu'il m'avoit fait commettre ? De fimples conjectures ; une Lettre qui pouvoit s'interpréter différemment, les difcours d'un traître qui n'étoit

peut-être plus, ou qui sçauroit
les nier avec autant d'impuden-
ce qu'il me les avoit tenus. Bien
loin de me prévaloir de ces choses, j'en eus horreur ; j'aimois
mieux mille fois périr sur un
échaffaut, que de chercher à
me sauver par l'aveu d'une histoire si honteuse ; il me sembloit que c'étoit être deshonoré
doublement.

Boldeon survint comme je son-
geois à ces tristes choses ; je
m'attendois à être accablé des
reproches les plus cruels, je me
trompai ; s'il m'aborda avec un
air triste, il étoit mêlé de douceur ; il me demanda par quelle
raison je m'étois porté à d'aussi
cruelles extrémitez, & ce qu'a-
voit pû faire son fils pour s'attirer le traitement horrible dont
je l'avois accablé. Je viens
moins ici, me dit-il, en pere

qui doit solliciter votre supplice, qu'en Juge qui cherche autant à l'excuser qu'à le punir. Le Roi tout irrité qu'il est contre vous, veut bien entrer dans le détail de votre justification ; répondez-moi sans fard, votre sincérité trouvera peut-être grace : pour moi je ne puis me persuader que vous vous soyez porté à de tels excès de cruauté sans des raisons aussi extraordinaires que légitimes ; parlez, je suis prêt à vous écouter.

Je persévérai à garder le silence : *Boldeon* qui en fut surpris, se servit de toute sa politique pour me faire changer de résolution ; connoissant après de vains efforts que ces soins étoient inutiles , il se leva en m'avertissant sérieusement de changer de conduite, ou que je me mettrois dans le cas de pé-

ûr indubitablement. Je ne ré-
pondis pas plus à ces menaces
qu'aux promeſſes qu'il m'avoit
faites un moment auparavant, &
il me quitta en plaignant , diſoit-il, mon aveuglement & le
ſort que je me préparois.

Une heure après la porte de
mon cachot s'ouvrit, on y ra-
menoit le malheureux Eſclave
qui m'étoit attaché , il venoit
d'eſſuyer la *gil-gan-gis* (*a*) &
on lui ſervit le repas confor-
me à ce ſupplice. A peine fut-
il entré , qu'il ſe jetta à mes
pieds , & me ſupplia avec un
torrent de larmes de lui épar-

(*a*) La queſtion : les Peuples de ce païs
la donnoient fort extraordinairement : on
livroit celui qu'on vouloit faire parler, à
quatre Bourreaux qui épuiſoient le patient
à force de coupsde fouets garnis de pointes
de fer. Alors on lui faiſoit ſervir la chére
la plus exquiſe , & on le remettoit à ce
ſupplice juſqu'à ce qu'il mourût entierement.

VII. Partie. D

gner le second affaut auquel i alloit être livré ; fi je m'obfti-nois à ne rien déclarer. Si vous fçaviez , Seigneur , me dit-il, tout ce que je viens de fouffrir, vous auriez pitié de votre Ef-clave infortuné ; la mort la plus cruelle feroit préférable à de pareils tourmens. Je le plaignis intérieurement ; mais ma réfo-lution étoit prife. Je lui ordon-nai fans répondre à fa priere,de me rendre compte de ce qui s'étoit paffé depuis l'inftant où j'avois perdu connoiffance. Il m'apprit que les femmes de *Clemelis* ayant été éveillées au cri que *Zelimon* avoit fait quel-ques momens après le coup que je lui avois porté , elles étoient entrées fuivies des Gar-des du Palais, & avoient jetté des cris fi effroyables à la vûe du fang répandu , que le Roi, la Reine & toute la Cour en

avoient été éveillés, & étoient
furvenus en foule à l'appartement de *Clemelis* pour en apprendre la caufe ; que l'*Houcaïs*
en avoit paru furieux, & avoit
juré par fon facré ventre (*a*) de
punir du dernier fupplice le
coupable auteur de cette tragé-
die ; qu'il avoit paru d'une furprife extréme, en apprenant de
Zelimon qui avoit repris connoiffance, que j'étois le criminel contre lequel il venoit de
jurer ; que la Reine non feule-
ment avoit approuvé fon reffentiment, mais confirmé le ferment de l'*Houcaïs* de me perdre.

Qu'après ces chofes on avoit
examiné la bleffure de *Clemelis*,
& que les Docteurs d'une voix
unanime convenoient qu'elle

_____

(*a*) Serment fi terrible pour les Rois,
qu'ils ne pouvoient y manquer qu'en fe
faifant faire la ponction.

ne pouvoit en réchapper sans miracle ; ce qui avoit redoublé l'indignation générale contre moi ; que lui malheureux Esclave , sur le refus d'avouer , avoit été condamné à la *gil-gan-gis* , où il perdroit la vie sans miséricorde dans le tourment des quatre , (*a*) si je n'avois pitié de son sort malheureux.

Deux heures après ce détail, *Boldeon* reparut , il venoit sçavoir ma derniere résolution ; & sur ma persévérance à me taire, me déclara que j'étois condamné. Je reçus cet arrêt sans parler & avec une tranquillité qui le surprit.

Le souper servant d'introduction à la *gil-gan-gis* qu'on m'apporta vers le milieu de la nuit, ébranla ma constance ; je ne

(*a*) C'est-à-dire des quatre Bourreaux préposés à lui donner la question.

pouvois me réfoudre à l'effuïer,
il n'y avoit cependant point de
miféricorde, il falloit parler ou
être livré *aux quatre* avant deux
heures ; l'*Houcaïs* vouloit abfolument fçavoir les raifons qui
m'avoient porté à commettre
les violences dont on a parlé.
La *gil-gan-gis* en étoit un moyen
qu'il croyoit infaillible ; il l'a-
voit ordonnée, perfonne n'avoit
ofé s'intéreffer pour moi, tout
étoit également irrité, que fe-
rois-je devenu, Grand *Vilkonhis*,
fi tu n'avois pas eu pitié de ma
mifére !

Le *Goulu-grand-gak* (*a*) com-
mençoit à m'ôter ma tunique

_____

(*a*) Chef des Bourreaux. Il avoit le pri-
vilége de deshabiller les patiens, & lorfqu'ils mouroient, il avoit les émolumens
de leurs peaux : on les paffoit à l'urine, &
elles fe vendoient chérement ; elles fer-
voient à faire des habits aux femmes de di-
ftinction.

pour me livrer enfuite *aux qua-*
tre, lorfque le grand *Tok-ha-dor*
fe fit entendre. À ce fon refpectable nous nous mîmes tous
ventre à terre, jufqu'à ce que
les Crieurs publics euffent an-
noncé la caufe de cette annon-
ce refpectable; ils ne tarderent
pas à paffer. L'*Houcaïs* & la Reine alloient fe faire faire la ponction pour fe relever du ferment
prononcé contre moi. J'en bénis *Vilkonbis* ; le *Goulu-grand-
gak* me remit ma tunique, &
l'on me reconduifit dans mon
cachot, jufqu'à ce qu'on m'eût
déclaré le fort qui m'étoit dé-
ftiné.

Boldeon vint me trouver deux
heures après : la ponction roïa-
le eft faite, s'écria-t'il, & le Roi
dégagé de fon ferment , m'en-
voye ici pour la derniere fois;
votre grace eft accordée, à con-

dition que vous déclarerez les vraies raisons qui vous ont porté à vouloir faire périr la charmante *Clemelis* & mon malheureux fils. Malgré toutes celles qu'il me dit pour m'engager à répondre à ce désir, je persévérai à me taire. Il sortit avec un air d'indignation, qui ne me laissa pas lieu de me flater qu'on en resteroit là; en effet, quelques jours après on vint me chercher, on me fit faire une route fort longue escorté d'une garde nombreuse, & dès que nous fûmes aux bords de l'Ocean, deux hommes me firent entrer dans une barque, prirent le large, m'enfermerent dans un tonneau, & me jetterent au milieu de la mer.

O Ciel, que me dites vous, interrompit *Sinoüis*, voilà donc quel fut le fruit de cette ponc-

D iiij

tion falutaire ? Comment eſt-il poſſible que vous ſoyez échappé à un péril ſi éminent ? J'allois répondre à cette exclamation en contant mon hiſtoire, lorſque je me ſentis frotter le corps par quelque choſe de froid & de gluant ; je tournai la tête avec frayeur ; un ſerpent beaucoup plus gros que moi, s'étoit coulé à mes côtez ; ſa tête, ſon corps & ſa queue ſe replioient tour à tour. Mon inſtinct d'animal me fit connoître que c'étoit une femelle de l'eſpéce dont je paroiſſois qui s'étoit laiſſé toucher de mes charmes monſtrueux. Je me retirai avec horreur, & me fourrai ſous une roche qui ſe trouva près de moi ; ma précaution fut vaine, la femelle amoureuſe m'y ſuivit, lorſque je voulus en ſortir, je me trouvai tellement entrelaſfé de fon horrible corps , que je n'imaginois aucun moyen pour faire cesser un supplice si odieux.

A moi , *Sinoüis*, à moi m'é-criai-je , de toutes mes forces , délivrez moi de la cruelle hor-reur qui m'environne. Eh ! que puis-je , reprit-il tristement du haut d'une branche séche sur laquelle il s'étoit enfui & per-ché : avez-vous oublié mon im-puissance & la rigueur de mon triste fort ? Ah ! vous m'aban-donnez, continuai-je, que ne tentez-vous au moins de me secourir ? ressemblerez - vous à ces amis trompeurs qui vous abandonnent dans les momens où ils pourroient vous être utiles ? *Sinoüis* fut sans dou-te sensible à ces reproches, il descendit sans trop sçavoir de quelle maniere il m'obligeroit, il ofa même s'approcher jufqu'à l'entrée de la crevaffe du rocher; fa vûe toute trifte qu'elle étoit, me rendit le courage, je fis un effort de fureur, il ne fut pas impuiffant, puifqu'il me dégagea des liens dont j'étois environné. Je ne fus pas plûtôt libre, que je fortis le plus promptement que je pus du trou fatal. *Sinoüis* qui ne me reconnut pas, & qui crut que c'étoit mon ennemie qui fe preffoit de l'atteindre pour fe délivrer des triftes cris qu'il faifoit de mon fort, s'envola fur la roche; la frayeur l'avoit faifi au point qu'il fe laiffa tomber dans l'inftant précis où le ferpent fortoit pour me fuivre. Heureux hazard! il me délivra de mon implacable femelle. A peine *Sinoüis* l'eut-il touché (a) de fon corps, qu'elle fif-

_____

(a) Voyez Pline dans le Chapitre des Serpens, p. 135. Chap. IX.

fla trois fois, s'étendit, ouvrit la bouche , & expira à nos yeux.

Ce spectacle fut enchanteur pour moi, j'en sifflai à mon tour de joie, *Sinoüis* en reprit coura-ge. Je sentis dans ce moment tout ce qu'avoit dû sentir mon triste ami, & au lieu d'en rire intérieurement comme j'avois fait, je jurai si l'occasion se re-trouvoit, de faire périr l'ennemi de son repos.

Après nous être entretenus quelque tems sur la rigueur de notre destinée , nous convin-mes de choisir une autre asile que celui où nous étions , jus-qu'à ce qu'il plût au Ciel de terminer nos malheurs. La nuit prochaine fut choisie pour nous mettre en chemin, & mon des-sein que je communiquai à *Sinoüis*, étoit de me rendre en

quelque habitation, & de tâ-
cher adroitement de sçavoir le
climat où nous nous trouvions,
& la route qu'il falloit tenir pour
retourner dans le Royaume des
Abdalles, où je voulois chercher
cette femme divine, qui devoit
nous rendre la premiere forme.
Si *Clemelis*, me disois-je, vit
encore, je trouverai peut-être
les moyens de jouir de son adorable présence ; une lueur d'espoir me faisoit quelquefois imaginer que ma vengeance avoit
été injuste, & que ce seroit
à elle à qui je devrois un jour
le bonheur auquel j'aspirois.

En attendant l'heure décidée
pour commencer le voyage,
projetté, *Sinoüis* me pressa de
satisfaire à la curiosité de sçavoir par quel miracle j'étois sor-
ti du tonneau ; je continuai de
cette sorte.

Le roulis du tonneau me tourmenta si vivement, qu'un feu dévorant s'empara bientôt de mes sens ; j'invoquai mon Créateur, & je lui fis un sacrifice de la mort cruelle à laquelle je me voyois condamné. L'on dit qu'un rayon d'espoir luit toujours dans notre ame en quelqu'extrémité qu'on se voye réduit ; je ne l'éprouvai point dans cette occasion , je ne me flattai aucunement ; je me crus réellement perdu & rempli de cette terrible idée je ne cherchai ma consolation que dans l'espoir d'être bientôt anéanti, & de ne plus souffrir.

L'on a beau se croire fort, qu'on est foible quand on voit la mort approcher ! Un accident qui arriva à mon tonneau, ébranla non seulement une résignation apparente, mais mê-

me me fit trembler du péril
cruel que je courois. Je m'apperçus que l'eau entroit dans
mon vaisseau roulant, j'en tressaillis d'horreur, je cherchai
avec empressement à remédier
à cette effroyable aventure, je
découvris enfin après bien des
recherches l'endroit fatal par
où la mort entroit peu-à-peu;
c'étoit un trou, j'y mis le doigt
pour le boucher. A chaque flot
le mouvement du roulis me faisoit quitter prise; l'eau saisissoit
ces momens, & entroit peu-à-
peu; que pouvois-je alors pour
ma conservation? O *Vilkonhis*,
m'écriai-je avec fureur, pour-
quoi me fais-tu tant languir?
acheve ma perte, tu l'as jurée,
je le vois; mais quel plaisir trou-
ve-tu à me jetter dans le desespoir? Je ne te demande plus de
grace que celle de me faire

mourir dans le moment ; ferois-
tu affez cruel pour me refufer ?

J'achevois à peine ces mots,
qu'une agitation cent fois plus
forte que je ne puis l'exprimer,
me fit penfer que j'allois être
exaucé. Il ne me fut pas difficile
de démêler qu'une horrible tem-
pête foulevoit les flots jufqu'aux
nues, un gémiffement affreux
accompagnoit les fecouffes les
plus violentes. O Ciel ! comment pus-je foutenir ces terribles inftans ? Il me fembloit que
l'Univers fe bouleverfoit ; je
croyois à chaque minute que
toutes les planches de mon frê-
le vaiffeau alloient s'enfoncer ;
le choc perpétuel des vagues
faifoit le même effet fur mon
tonneau que les coups redoublés des Forgerons fur l'enclume. O *Sinoüis*, quel état étoit
le mien ! Il étoit incompréhen-

fible ; ce font de ces fituations
indéfiniffables , en vain m'ef-
forcerois-je à vous la bien exprimer.

Cet état épouventable dura
un tems confidérable , encore
quelques heures c'en étoit fait,
les forces commençoient à me
manquer , je ne fongeois plus
au trou par lequel la mer étoit
libre d'entrer , le tonneau fe
rempliffoit infenfiblement , il
étoit prefqu'à moitié. Enfin j'allois périr par mille endroits,
lorfqu'une fecouffe plus terrible encore que toutes celles que
j'avois effuyées, fracaffa mon afi-
le en mille pieces, & me mit
en pleine eau. En vain, un refte de courage, ou pour mieux
dire, l'approche de la mort me
firent-ils remuer les bras pour
conferver une vie contre laquelle tout s'acharnoit ; il falloit

loit couler à fond, le poids de mon propre corps m'entraînoit, déja la mer entroit dans ma bouche & dans mes oreilles, quand par un miracle auquel je n'avois garde de m'attendre, je fus arraché au fort qui me perfécutoit. Un oifeau d'une groffeur énorme m'enleva dans les airs ; fon vol rapide & la maniere cruelle dont il me ferroit, me firent ouvrir les yeux : ô Ciel, d'un péril inévitable je paffois dans un autre ! J'étois au plus haut des Cieux, il fembloit que tous les élémens fe fuffent ligués contre moi ; ô *Sinouïs*, ne vous laffez-vous point de me voir en proye à des événemens fi prodigieux? nous ne fommes pas cependant encore à la fin, à peine, pour ainfi dire, ai-je commencé !

Après avoir traverfé une efpace immenſe, l'oiſeau deſcendit tout-à-coup vers des rochers eſcarpés voiſins de la mer. Que l'homme eſt foible & extravagant! Je n'aurois pas couru moins de riſque en tombant dans la mer que ſur les rochers : cependant mon effroi fut terrible, à leur aſpect. mes cheveux ſe dreſſerent d'horreur à ce nouveau danger, je mourois mille fois avant que de mourir. (a).

Mon ſupplice changea bientôt de nature, je ne m'attendois pas au genre de mort qui m'étoit deſtiné, il n'étoit pas moins d'être avallé tout vif. L'oiſeau m'avoit enlevé pour ſervir de pâture à ſes petits, mais quels petits, *Sinoüis*, nos bœufs ne ſont pas plus grands. Ils battirent des

(a). La mort eſt la moindre des douleurs auſquelles nous ſommes ſujets dans cette vie ; il n'y a que les approches qui en ſont terribles, & l'idée de ce que deviendra l'ame après être ſortie de ſon corps.

ailes , & à l'approche, de leur
mere , leurs têtes fortirent du
nid avec un bec ouvert & un
gazouillis de joye qui reſſem-
bloit aux plaintes d'un lion ru-
giſſant; Voici donc le tombeau
qui m'eſt préparé , m'écriai-je
avec fureur , & en jettant des
hurlemens affreux! Soit, mais
je rougis pour le Ciel d'une barbarie ſi manifeſte. Ces blaſphê-
mes vomis par le deſeſpoir ef-
frayerent ſans doute mon ra-
viſſeur; juſques-là je n'avois pas
ouvert la bouche, il n'étoit pas
fait au langage des hommes, ou
leurs cris avoient un aſcendant
inconnu. Quoi qu'il en ſoit , à
peine eus-je parlé, que l'oiſeau
me lâcha tout à coup ; j'étois
au deſſus du nid, & je tombai
rudement ſur les petits qui ſe
mirent à jetter de grands cris.
... Je me fis moins de mal que

j'aurois dû en attendre , les petits aiglons (car je n'ai jamais
vû d'oiseau de cette espéce, &
je n'ai point d'autre nom à leur
donner) étoient si gras & si
doux , que le duvet dont ils
étoient abondamment cou-
verts , me préserva du froisse-
ment auquel j'aurois été sujet
sans cela. Au lieu de me dévorer, comme je le présumois, ils
fermerent leur bec , baisserent
la tête & me regarderent avec
des yeux qui me faisoient connoître qu'ils n'étoient point ac-
coutumés à une pâture comme
la mienne. La crainte d'être
leur proie, me tint éveillé pendant quelque tems ; mais enfin
tant de lassitude essuyée, le froid
que je perdois peu-à-peu par la
chaleur de ces animaux , & la
douceur avec laquelle j'étois
couché, tout cela, dis-je, m'as-

soupit insensiblement; j'eus beau vouloir réflechir au nouveau péril que je courois , prendre un parti & luter contre le sommeil, il fallut succomber , je m'endormis , mais d'un sommeil aussi doux & aussi paisible que si j'eusse été couché dans le meilleur lit.

A mon réveil je me trouvai aussi frais que si je n'eusse point essuyé toutes les fatigues dont je viens de vous faire le détail. Les petits aiglons en se remuant m'avoient fait une place bien commode , j'étois coulé au fond du nid où j'étois à mon aise. J'examinai de là ma situation présente, & je commençai à croire que le Ciel ne m'avois pas préservé de tant de dangers horribles, pour me faire périr. Je repris courage & songeai aux moyens dont je devois user pour me retirer d'un asile qui n'en seroit plus un pour moi lorsque la mere des aiglons re-paroîtroit : d'ailleurs il falloit manger, je ne l'avois pas fait depuis longtems, & je me trou-vois extrémement extenué.

Je m'occupois sérieusement de ces réflexions, lorsque le mê-me bruit qu'avoient fait les pe-tits à mon approche me fit pen-ser que leur mere revenoit: Je me cachai le mieux qu'il me fut possible pour ne point en êtré entrevû. En effet, je la vis à travers les petites buchettes qui servoient à la structure du nid; je fus aussi étonné & aussi effraié en la voyant, que si elle me fût apparue pour la premiere fois. Sa grandeur étoit énorme, elle portoit dans son bec un gros mouton, & lorsqu'elle fut sur le nid, elle le dépeça avec ses ser-

res en petits morceaux qu'elle
préſenta aux petits qui les dé-
vorerent en moins de rien.

Heureux effet d'une Providence admirable! Un de ces
morceaux échappa du bec d'un
des aiglons, j'avois ſi faim, il
avoit ſi bonne mine & me parut
ſi propre, que j'en mangeai, il
étoit d'un goût exquis: en véri-
té, *Sinoüis*, je n'ai jamais fait
un repas de ſi bon appetit.

A peine les petits eurent-ils
repus, que la mere s'envola; je
la conduiſis des yeux, & lorſque je ne la vis plus, je paſſai
ma tête par une ouverture que
je pratiquai entre les buchettes,
& j'examinai les environs. Je
treſſaillis de la ſituation où j'allois être condamné; le rocher
ſur lequel le nid étoit placé,
étoit fait en aiguille & ſi eſcar-
pé & ſi élevé de terre, qu'à moins

de vouloir abfolument périr, il n'étoit pas poffible de fonger à le defcendre. La mer d'un côté baignoit le rocher, & il tenoit de l'autre à une chaîne de montagnes dont les cîmes fe confondoient dans les nues.

Cet examen me jetta dans une confternation fans égale ; de quelque côté que je me tournaffe, je n'entrevoyois que le defefpoir & la mort ; je me remis à murmurer contre la deftinée, n'étoit-elle pas auffi bien horrible ? La patience fe prend jufqu'à un certain point, mais elle dégenere à la fin en fureur.

Sur la fin du jour, lorfque je commençois à m'endormir, le gazouillis des aiglons m'apprit le retour de leur mere ; je regardai à travers ma lucarne ; deux oifeaux venoient de compagnie lorfqu'ils furent à ma portée ;

portée, je jugeai que le second
étoit le pere des aiglons ; il avoit
une espéce de couronne fur la
tête de toutes fortes de couleurs, étoit plus gros & fendoit
l'air avec un vol plus majes-
tueux, & que j'aurois admiré en
toute autre occasion, ils appor-
toient l'un & l'autre de quoi repaître. Le mâle tenoit dans fes
ferres une vache plus blanche
que la neige, & la femelle fon
veau ; ils dépoferent le tout dans
le nid, ils travaillerent l'un &
l'autre à qui mieux mieux à dépecer ces viandes. O miracle
des decrets divins ! je mourois
de foif, ô *Sinoüis*, il étoit infaillible que la chaleur dont j'étois
dévoré, auroit fait ce que tant
de périls n'avoient pû faire. Le
pis de la vache étoit plein de
lait, fans doute que cet endroit
n'étoit pas de la compétence

VII. Partie.   E

des aiglons, il fut coupé entier
& vint jusqu'à moi ; il étoit
rempli de lait , je le suçai avec
un soulagement sans pareil, il
étancha abondamment ma soif,
& le soulagement que j'en reçus, fut si grand, que je me ren-
dormis avec une douceur sans
pareille.

Je passai quelques jours à me-
ner une vie aussi extraordinaire
qu'elle se puisse ; j'avois beau
rêver de quelle maniere je pourrois sortir de cette prison bizarre,
mon imagination ne m'offroit
rien de satisfaisant , des réflexions les plus cruelles les unes
que les autres se succédoient
tour à tour & n'aboutissoient enfin qu'à me convaincre de la
nécessité où j'étois de ne rien espérer que du Ciel.

Un jour que j'étois absorbé
dans ces choses, j'entendis tout

à coup des bruits & des hurlemens horribles, il sembloit qu'-
on ébranloit le nid, & qu'il alloit être renversé ; je frémis d'effroi, & je regardai à travers ma
lucarne : deux oiseaux d'une espéce différente de celle de mes
hôtes, & encore plus gros, at-
taquoient avec une vigueur sans
pareille le nid, il paroissoit qu'ils
vouloient les en chasser & s'en
emparer. Le choc étoit furieux,
insensiblement nous avions du
dessous, le mâle & la femelle,
malgré leur courage, étoient
déja tout en sang, & n'avoient
pû empêcher qu'un des aiglons
n'eût été précipité du rocher en
bas, sans ses aîles il n'étoit pas
douteux qu'il ne se fût tué ; mes
hôtes jettoient des cris terribles
en cédant peu-à-peu le terrein.
La pitié & la reconnoissance
m'émurent jusqu'au fond du

cœur , je résolus de faire mes efforts pour empêcher la destruction d'un asile où j'avois sauvé mes malheureux jours. De quelque maniere que j'envisageasse les choses, il n'étoit pas moins vrai que je devois la vie à un des aigles. Ces considérations me firent arracher un gros bâton qui tenoit au nid ; je sors à demi de mon asile secret, je leve le bras, & le coup que je porte à l'un des oiseaux ennemis sur la tête, est si violent, que je lui fais sauter les deux yeux ; la force lui manque , il lâche prise & se précipite du haut en bas. Son second effrayé , mais furieux, se leve sur ses deux pattes, étend les aîles, ouvre le bec & vient pour me punir de ma témérité & pour me dévorer ; un second coup de mon levier lui casse une patte & une aîle, (sa

tête avoit efquivé le coup) il fe
traîne jufqu'à moi , le combat
recommence , il y va de mes
jours, je les défends avec fureur , & profite avec tant d'a-
dreffe de mes premiers avanta-
ges, que ne pouvant foutenir
la fureur de mes coups, il s'en-
vole & s'enfuit en jettant des
hurlemens affreux.

Mes hôtes étonnés d'un fe-
cours auquel ils n'avoient garde de s'attendre, jetterent les
yeux fur moi, & femblerent ir-
réfolus du parti qu'ils avoient à
prendre ; le réfultat de leur inftinct fut de s'envoler. Le mâle
fuivit l'ennemi que je venois
d'obliger à s'éloigner, & la femelle defcendit vers la terre ;
je jugeai que la tendreffe de
mere la portoit à chercher ce
qu'étoient devenus fon aiglon;
je ne me trompai pas; mais il

me fut impossible d'être témoin de la maniere dont elle le retrouva ; outre que j'étois si élevé, qu'à peine pouvois-je discerner les objets, je la perdis de vûe & mes regards se porterent ailleurs.

J'entrevis dans les nues un spectacle qui m'auroit enchanté d'un autre lieu. L'aigle mâle avoit joint son adversaire, ils combattoient dans les airs, l'ennemi tout blessé qu'il étoit, se défendoit avec un courage qui rendit pendant quelque tems le combat incertain. Effet de cette reconnoissance qui intéresse pour ceux à qui l'on est redevable. Je tremblois que l'aigle ne fût vaincu, sans observer le danger où son retour pouvoit me jetter, sans prévoir, dis-je, ce péril, je ressentis un mouvement de joye en voyant tom-

ber l'adverſaire. L'aigle s'abaiſ-
ſa pour le ſuivre & pour ache-
ver ſans doute ſa vengeance. Je
n'en pus voir davantage , l é-
loignement & la foibleſſe de
ma vûe ne le permettoient plus.

Quelques inſtans après j'entendis le bruit du vol ordinaire
de mes hôtes, je m'étois remis
dans mon petit coin , & j'entrevis par l'endroit ordinaire l'aigle femelle qui rapportoit entre
ſes ſerres l'aiglon qui avoit été
précipité ; elle faiſoit des cris la-
mentables de l'état où il étoit,
il paroiſſoit tout fracaſſé. Le
mâle attiré par ſes clameurs reparut de ſon côté, & ils arrive-
rent preſque en même tems, il
ſe fit un concert affreux de hurlemens ; le petit dépoſé ſur le
nid les occaſionnoit ; le mâle le
regaɽdoit triſtement ; ſa patte
étoit caſſée, ſon col démis, &

il fembloit n'en pouvoir plus. La femelle, de fes pattes rangeoit les autres aiglons, & fembloit en accommodant le duvet, vouloir faire un lit commode au bleffé. La nature eft admirable dans toutes fes productions.

J'étois combattu entre le defir de foulager l'aiglon, & la crainte d'être mal payé de mon humanité. Sa trifte mere faifoit tous fes efforts pour étancher le fang de la patte caffée, il ruiffeloit & affoibliffoit peu-à-peu l'oifeau. Je ne pus tenir contre ce fpectacle touchant, je fortis la tête & les bras de mon trou dans l'intention de foulager l'aiglon malade. A peine parus-je, que le mâle & la femelle fe retirerent, & fe percherent fur le bords du nid en étendant le col, en battant des aîles & en me regardant avec des yeux étonnés. Cette tranquillité me rassura; j'arrachai un morceau de ma chemise & quelques buchettes voisines, j'essuyai la playe, & la lavai avec mon urine, ensuite je remis les os dans leur situation convenable, & je fis de petites bandelettes dont je les serrai; je les environnai de buchettes pour contenir les os, afin qu'ils ne se déplaçassent point, & je les recouvris avec de nouvelles bandes, afin d'assurer les choses de sorte qu'elles pussent rester dans la situation où je les avois mises.

Après avoir fait ces choses, qui étoient regardées des aigles avec un étonnement qui ne peut être défini, j'examinai s'il étoit possible de remettre le col au malheureux aiglon: par un bonheur sans pareil j'y réussis.

A peine fut-il en place, que l'oiseau soulagé ouvrit les yeux, battit les aîles, & demanda avec son langage ordinaire à manger. La mere accourut avec empreſſement, battit auſſi les aîles & marqua ſa joye par tous les endroits qui lui étoient propres. Je m'étois retiré, elle appella le mâle en ſon langage comme pour lui faire admirer le miracle qui ſauvoit ſon petit ; la fin de tout cela fut de dépecer un morceau de viande, de le broyer dans leur bec & d'en donner tour à tour au petit ; après quoi la mere le couva, & le mâle ſe percha ſur le nid en allongeant le col & en regardant de tous les côtez.

J'étois dans le fond de mon aſile où j'obſervois toutes ces choſes avec une conſolation ſinguliere. En effet ne ſembloit-il pas que la douceur de mes hôtes fût un heureux préfage d'un avenir moins cruel ?

L'aigle mâle après avoir cherché des yeux pendant longtems, fortit de fa place, & fit le tour de fon nid. Quels regards perçans ! l'on auroit pû les comparer à ceux du Pere de la lumiere , ils pénétroient par tout. J'eus beau les éviter, ils me fixerent fans doute ; mon afpect redoubla l'inquiétude du mâle, il fe mit à gratter avec fes pattes , & rangea avec fon bec tous les obftacles qui fe trouvoient entre lui & moi. Je ne fçavois que penfer de ce travail inquiet, la frayeur s'empara de moi : fe pourroit-il, me difois je intérieurement, après le fervice rendu à ces oifeaux, qu'ils fuffent affez ingrats pour fonger à me dévorer? Belle conféquence! comme ſi la raiſon leur eût été propre ; comment oſois-je exiger de la reconnoiſſance de ces bêtes , ſçachant qu'on a tant de peines à en trouver chez les hommes mêmes , dont les cœurs ſemblent les mieux faits? En vain feroit-on des paralleles, l'homme y perdroit toujours.

Plus le travail de l'aigle l'approchoit de moi, & plus mon inquiétude augmentoit. Je ne crus pas devoir prendre d'autre parti que celui de me tenir ſur mes gardes ; je me ſaiſis de mon bâton, mais à quoi tant de précaution ? cet aimable animal ne me cherchoit que pour me témoigner ſa gratitude. En effet, à peine fut-il libre de s'approcher, qu'il le fit avec un air timide qui me raſſura ; mais quelle fut ma ſurpriſe quand il fut près de moi, il baiſſa la tête juſqu'à terre, hérissa ses plumes, appuya son col sur mes genoux & soupira avec douleur. Je lui passai la main sur les plumes pour lui témoigner de l'amitié, je crus qu'il m'entendoit, & qu'il y répondoit, car il battoit doucement les aîles comme les petits oiseaux qui ont faim, à l'approche du manger. Mais je me trompois, une cause bien solide étoit le principe de tout ce que l'aigle venoit de faire ; que la nature est admirable, & que ce qu'on appelle instinct, approche de la raison ! L'oiseau étoit blessé, il avoit compris par ce que j'avois fait à son petit, que je pouvois le soulager, & il venoit chercher mon secours.

Je m'en apperçus en le flatant, je sentis quelque chose de mouillé, c'étoit du sang sortant d'une blessure faite au col.

Je me gouvernai de la même façon que j'avois fait dans le pansement de l'aiglon, j'y ajoutai de la charpie, j'en fis une tente & je bandai la playe; après l'avoir étuvée, je cherchai s'il y avoit encore quelque autre blessure; il y en avoit une légere sur la tête, elle ne me parut pas assez considérable pour y faire autre chose que la sucer. Tant que je travaillai après cet aimable animal, il ne se remua point; mais dès que je cessai, il se releva, me regarda fixément, battit des aîles & s'en retourna avec la même gravité qu'il s'étoit approché, près de sa femelle, qui n'avoit cessé de me regarder pendant tout le tems que j'avois été occupé de son mâle; il sembloit qu'elle eût compris mon dessein par la conduite qu'elle tint bien-tôt après.

Le mâle & elle furent quelque tems en préfence l'un de l'autre, ils fe regardoient mutuellement, entr'ouvroient le bec, & il en fortoit un ramage fingulier qui avoit l'air d'un raifonnement. Après quelques minutes la femelle fe leva, & vint me trouver avec la même démarche de fon mâle. Je jugeai que des caufes égales m'attiroient cette vifite; en effet elle étoit bleffée au jabot. Le panfement fut plus difficile, le coup de bec avoit emporté la chair, a playe étoit large, & ce ne fut pas fans peine que je parvins à en étancher le fang, le refte de ma chemife y fut employé.

La femelle, après le foulagement que je lui donnai, fut retrouver fon mâle, & de concert ils fe mirent à dépecer un morceau de viande. Je n'avois garde d'imaginer quelle étoit leur intention , toutes les fois que j'y songe, je ne puis m'empêcher d'en rire. Croiriez-vous, ô *Sinouis*, qu'ils m'apporterent l'un & l'autre de cette viande dans leur bec? Je la pris avec la main, & j'en mangeai pour leur complaire; ils m'examinoient avec une attention extréme, & ils n'eurent pas plûtôt connu que ce service m'étoit utile, qu'ils me rapporterent d'autres viandes; il y en auroit eu pour faire repaître trente hommes comme moi. Je m'étois enhardi avec ces aimables animaux, je ramassai la chair qu'ils avoient mise à mes pieds, je me levai, & j'en fus porter aux aiglons ; ils la reçurent de ma main avec autant de joye, que de la part de ceux dont ils tenoient le jour.

Le

Le mâle & la femelle me regardoient de tous leurs yeux, & me laiſſoient faire avec une complaiſance qui prouvoient la juſteſſe & la bonté de leur inſtinɛ̃t.

La nuit qui ſurvint, nous fit prendre à tous du repos. A peine fut-il jour, que l'aigle & la femelle nettoyerent le nid, & c'eſt ce qui me réveilla; ils jetterent en bas du rocher les ordures des petits, la viande & tout ce qui pouvoit nuire à la propreté. Quand les petits furent retournés les uns après les autres, épluchés avec le bec & remis dans une place nouvelle, tout cela fait, le mâle & la femelle vinrent à moi, me firent ranger avec leur bec, remuerent le duvet ſur lequel j'étois, raccommoderent les buchettes, les rendirent ſolides, & me laisserent ensuite libre de m'arranger comme il me plairoit. A mon tour je travaillai à mon office nouveau de Chirurgien, je commençai par le petit aiglon, tout alloit à merveille , le col étoit parfaitement remis , & la patte n'avoit pas saigné davantage, la cuisse étoit un peu enflée , mais les extrémitez me parurent en assez bon état pour juger que cette cure auroit un heureux succès.

Je pansai aussi le mâle & la femelle, tout alloit on ne peut pas mieux , & je ne pouvois m'empêcher d'en remercier le Ciel. Après avoir satisfait à toutes ces choses, le mâle s'envola, & fut, comme je le vis bientôt après, songer aux besoins de la vie. La femelle resta, elle ne quittoit point l'aiglon blessé, elle passoit les jours entiers à l'é-

plucher & à le careſſer en ſa façon. Je n'étois pas oublié, & ſi
j'avois eu des plumes, elle m'auroit fait la même grace ; à ce
défaut elle me mordilloit les
mains & les doigts, & quelquefois elle me faiſoit payer cher
cette faveur, en me ſerrant un
peu plus que je ne l'aurois de-
ſiré.

Quelque tems après le mâle
revint chargé de pluſieurs ſor-
tes d'animaux d'une eſpéce qui
m'étoit inconnue : la femelle
& lui travaillerent à les dépecer & à donner à manger à leurs
petits. Pour moi devenu familier avec mes hôtes, je me mê-
lai de cette office , & ce qui
étoit admirable, c'eſt que les aiglons recevoient avec plus de
plaiſir les morceaux de ma main,
ſur-tout le bleſſé , qui me té-
moignoit ſa joye par des cris

& un battement d'aîles perpétuel. Croiriez-vous, ô *Sinoüis*,
que je pris en amitié ces animaux, au point que je ne m'en-
nuyois presque plus avec eux?
Il est vrai qu'un rêve que je fis,
servit à me consoler & à me faire imaginer un moyen de sortir
d'esclavage, aussi singulier qu'il
étoit hardi. J'avois songé que
l'aigle mâle me reportoit sur
la terre de la même maniere que
j'en avois été enlevé. A mon réveil j'avois fait des réflexions à
ce sujet, la chose ne me paroissoit pas impossible, il ne s'agissoit que de la hazarder ; les oifeaux étoient forts , & il étoit
tout simple qu'ils me rendroient
aisément cet office , pour peu
que je fusse assez hardi pour m'y
risquer.

Je fus huit jours à y songer ;
la soif affreuse que j'endurois ,

me faifoit fouffrir le fupplice le
plus horrible ; je dépériffois à
vûe d'œil, fans le fang de ces
animaux apportés au nid que je
fuçois pour l'étancher, je ferois
mort de rage ou de fureur. Mais
ce breuvage funefte au lieu de
me rafraîchir, m'échauffoit à
l'excès; j'étois tout couvert de
boutons ; & je n'avois pas de
peine à me perfuader que fi cela duroit plus long-tems, il falloit abfolument me réfoudre à
mourir.

Après bien des combats entre la crainte & l'efpérance, je
pris mon parti, & réfolus de profiter du premier voyage que le
mâle feroit, pour m'attacher à
fes pattes & defcendre à terre.
J'étois devenu fi familier avec
lui, qu'il me laiffoit faire tout
ce que je voulois. Après avoir
bien examiné le péril, je le trou-

vai moins grand que je me L'étois figuré. L'extrémité de ses pattes étoient si large qu'elles pouvoient servir d'appui à mes pieds, & en embraſſant comme un pilier ses deux pattes, je n'avois pas à craindre de tomber; j'en fis l'expérience sur le champ; elles sembloient faites exprès pour me rendre cet office, & je jugeai que mon projet réuſſiroit infailliblement.

A peine eus-je pris mon parti, qu'un égard m'affligea, je m'étois attaché à ces animaux, & particulierement à mon petit aiglon, au point que l'idée de cette séparation m'attriſta véritablement. Si je n'avois pas été preſſé de la soif extréme qui me dévoroit, j'aurois attendu sûrement la guériſon entiere du petit aigle que j'avois affectionné; son attachement pour moi m'a

voit fait imaginer que je pourrois un jour m'en fervir pour
voler dans les airs, & qu'il ne
me feroit pas difficile de le
dreffer à m'y porter ; il étoit
jeune, il m'aimoit & la chofe
me paroiffoit poffible. Mais
cette malheureufe foif me dé-
cida ; il falloit boire ou périr ;
d'ailleurs les alimens m'étoient
contraires, je craignois de tomber tout-à-fait malade , ou de
mourir ; tout cela n'étoit-il pas
bien naturel & capable de me
faire prendre mon parti ?

Quelques jours auparavant
j'accoutumai l'aigle mâle à me
fouffrir fur fes pieds, & la veille de celui que j'avois réfolu de
le fuivre, je m'y tins tant qu'il
fut au nid. Le lendemain je ne
le quittai pas ; lorfqu'il voulut
s'envoler pour aller à la quête
ordinaire, il voulut fe défaire

de moi, mais je tins bon, & il
s'envola. A peine la femelle se
fut-elle apperçue de mon éloignement, qu'elle jetta un cri,
& vint après nous. Il fut heureux que la grandeur des aîles
de l'aigle qui me portoit, me
servît de paravent, cette femelle allongeoit le bec, & vouloit
m'arracher de ma place ; mais
je tenois bon. L'aigle mâle s'ab-
battit après un vol assez long,
dans un bois près d'une riviere
qui couloit rapidement, où il
fut boire. Je profitai de cet instant pour étancher ma soif ar-
dente ; je sortis de ma place, je
me mis à genoux & mis la bouche dans l'eau. O Ciel, quel
plaisir ! j'avallois à longs traits
cette boisson délicieuse ; le mâle & la femelle me considé-
roient avec une attention extrême, & sembloient étonnés.
de

de ce que je faifois.

Je me trouvois fi bien au
bord de cette aimable riviere,
que je ne fongeois pas à en fortir ; je me lavai le vifage, les
mains, & je trouvai tant de douceur à cet exercice, que je me
deshabillai & m'y baignai. Je
crus devoir auffi laver mes habits, ils avoient contracté un
goût qui me déplaifoit; mais à
peine fus-je deshabillé, que les
aigles témoins de toutes ces
chofes, s'éloignerent & fe mirent à hurler effroyablement ;
fans doute qu'ils crurent que
mon habit étoit de mon être, &
qu'en le dépoüillant, je périffois.
Mais ils furent bien plus étonnés, lorfqu'après avoir lavé mes
habits, & les avoir étendus fur
les cailloux pour les faire fé-
cher, ils me virent dans la riviere jufqu'au col ; leurs cris ré-

doublerent ; ils volerent au deffus de ma tête , & fembloient
vouloir me fecourir & m'empêcher de périr. Je leur parlai
comme je faifois dans le tems
que j'étois avec eux, & ils parurent remis à ces fignes donnés que j'étois encore exiftant.
Je m'étois trop bien accoutumé avec eux , & les avois trop
étudiés pour m'y méprendre;
ces aimables animaux m'ai-
moient, & plus ils m'en donnoient des marques, & plus je
fouffrois d'être obligé de m'en
féparer.

Mon deffein étoit d'attendre
qu'ils s'éloignaffent pour fortir
de la rivière, j'avois trop lieu
de craindre qu'ils ne vouluffent
fe refaifir de moi ; mais mon
attente fut vaine ; le mâle s'envola, mais la femelle refta. Je
démêlois dans fes manœuvres

l'impatience qu'elle avoit de ne point me voir fortir de la riviere ; tantôt elle voloit au deſſus de moi, une autre fois elle s'approchoit de mes habits, allongeoit le col, les conſidéroit & puis elle revenoit au bord de l'eau, où elle ne me perdoit pas de vûe.

Quelque tems après j'entendis un bruit dans les airs, qui m'annonça le retour du mâle : j'y levai les yeux ; mais quel fut mon étonnement ! Il étoit chargé de l'aiglon bleſſé, & me l'apportoit. O *Sinoüis*, cette manœuvre m'attendrit, je jugeai avec raiſon que ces aimables animaux avoient leur confiance en moi pour la guériſon de leur cher petit. La mere étoit allée au devant de lui & revint de compagnie avec ſon mâle. Je ne pus tenir à ce ſpectacle,

H ij

je sortis de l'eau, & après m'ê-
tre habillé , je courus à mes
chers hôtes qui s'étoient retirés
comme la premiere fois lorfqu'ils m'avoient vû nud. Mais
quelle fut leur joye lorsqu'ils
me revirent tel que je leur avois
toujours paru ; ils l'exprimerent
par des battemens d'aîles & des
gazouillis qui ne finissoient
point, ils m'environnerent, me
mordillerent, & me donnerent
enfin tous les signes d'une vérita
ble affection.

À près avoir répondu de mon
mieux , & c'étoit ordinairement
en leur grattant le col qu'ils me
tendoient en roupillant , je re-
tournai vers la riviere, dans l'intention qu'ils m'y amenassent
l'aiglon, qu'il m'étoit impossible de porter à cause de sa gros-
seur ; ils comprirent sans doute
mon idée, & m'y suivirent. Là

j'entrai deux pas dans l'eau, je lavai l'aiglon, & j'humectai ſa patte bleſſée ; je jugeai au mouvement que firent ſes ſerres après ce bain, que la patte étoit repriſe, & effectivement le petit commença à s'appuyer deſſus. Je le fis boire, & il y trouva tant de goût, qu'il ne pouvoit s'en laſſer. Le pere & la mere allongerent le col, & regardoient tout ce que je faiſois avec beaucoup d'attention.

Tandis que je faiſois à l'aiglon tout ce que j'imaginois propre à lui faire du bien, je méditois ſur le parti que j'avois à prendre. S'il étoit poſſible, me diſois-je, de me ſouſtraire aux regards clairs-voyant du pere & de la mere de mon petit aiglon, & de me ſauver avec lui, je m'en ſervirois pour voyager commodément, & pour me venger du barbare *Houcaïs*. Cette pensée délectoit mon imagination ; mais comment m'y prendre ? L'aiglon ne pouvoit pas encore marcher, ses aîles étoient trop foibles, & pour le porter, il n'y falloit pas songer. Pour ce qui regardoit le pere & la mere, ils faisoient une garde si soigneuse, que je ne devois pas me flater d'échapper à leurs pénétrans regards. Quand la femelle partoit, le mâle restoit ; ensuite celui-ci étoit rélevé par la premiere, & demeuroit près de moi jusqu'au retour de la femelle. La nuit étoit bien avancée que ce manége duroit toujours ; je ne sçavois quel parti prendre, je me trouvois extrémement embarrassé.

En promenant mes regards de tous les côtez avec la distraction d'un homme incertain du

parti qu'il a prendre , j'entrevis
un arbre chargé de fruit , j'y
courus, ils étoient délicieux ,
j'en mangeai avec une avidité
furprenante. Après ce repas
charmant mes yeux fe potte-
rent fur un taillis qui étoit à ma
droite, fon épaiffeur me fit naître une idée : s'il m'étoit poffible, me difois-je , de le gagner
& d'y attirer l'aiglon, il feroit
impoffible au pere & à la mere,
à caufe de leur groffeur, d'y entrer, je m'y cacherois, j'y éle-
verois le petit jufqu'à ce qu'il
fût guéri & en état de me potter,
& enfuite je prendrois le parti
qui me conviendroit. Ces idées
ne me parurent point dépla-
cées, je tentai de les mettre en
exécution ; pour cet effet je fus
droit au taillis. Je ne fçais fi le
mâle fe défia de mon deffein ,
ou fi las d'attendre , il prit fon
H iiij

parti ; quoi qu'il en fôit, il s'approcha, me flatta de fon bec, me prit entre fes ferres, s'envola & me porta au nid, où il fut bientôt fuivi de la mere & de l'aiglon.

Je m'en confolaï par l'efpoir que l'occafion d'en fortir, fe retrouveroit quand je le voudrois. Mais je ne m'attendois pas à la rufe diabolique dont les aigles fe fervirent pour me retenir : elle eft fi furprenante, que je n'y fonge jamais fans un étonnement prodigieux. O *Sinoüis*, que l'inftinct des animaux eft parfait ! Vous en allez voir une preuve bien fenfible & bien convaincante, & qui ne s'imagineroit jamais.

Je m'étois fi bien trouvé du plaifir que j'avois reffenti à la riviere, & le bain m'avoit fi parfaitement rafraîchi, que dès que je fus dans le nid, je m'y

endormis d'un profond sommeil ; il fut si long & si ferme ,
que mes hôtes eurent le tems
de faire un ouvrage le plus extraordinaire qu'on puisse imaginer. Croiriez-vous , ô *Sinoüis*,
qu'en me réveillant je me trouvai enfermé comme dans une
cage ? Plus de mille branches
entrelassées les unes dans les
autres formoient un contour au-
tour du nid, & l'enfermoient si
exactement , qu'il n'étoit pas
possible d'en sortir , & encore
moins d'y entrer ; le tout étoit
construit avec tant de solidité,
qu'il n'y avoit pas d'apparence
de pouvoir arracher la moindre
branche. J'ouvrois de grands
yeux , & je restois immobile :
les aigles étoient perchés sur
une roche voisine , ils étendoient le col & m'examinoient
avec beaucoup d'attention.

Un inftant de réflexion calma les inquiétudes mortelles qui commençoient à s'élever dans mon cœur. J'ai pris patience jufqu'aujourd'hui, me difois-je, pouffons-la jufqu'à ce que mon aiglon foit affez fort pour voler; il me connoît, il obéit à ma voix, dès qu'il fera en état de me porter, je trouverai le fecret de forcer ma prifon, & profi-terai de l'abfence des aigles; fi l'inftinct qui les a portés à pren-dre des précautions fi pofitives, doit fon principe à la crainte que je ne les quitte, ils ne fe-ront pas fi défians, & m'obferve-ront par conféquent beaucoup moins.

Voilà de quel efpoir je me flatois & ce qui fervit à ma con-folation; mais fi je ne pouvois revenir de la furprife où me jet-toit ma fituation préfente oc-

eaſionnée par un raiſonnement
qu'il étoit impoſſible de refuſer
à ces animaux , elle fut bien
plus grande à la connoiſſance
qu'ils me donnerent bientôt,
que ce raiſonnement étoit ac-
compagné de mémoire, d'égard
& de prévoyance.

Sur la fin du jour j'entrevis
le mâle qui revenoit avec une
groſſe branche chargée de pluſieurs autres dans le bec ; je
erus d'abord que c'étoit pour
aſſurer de plus en plus ma priſon. Mais quel fut mon étonnement lorſque l'aigle me l'ap-
porta ; ces branches étoient
chargées de ce même fruit qu'il
m'avoit vû manger ſi avide-
ment ; je reçus ce préſent avec
plaiſir , malgré ma ſituation
cruelle je ne pouvois m'empêcher d'être reconnoiſſant.

Cette attention ne ſe borna

pas là. La femelle qui étoit partie dès que son mâle avoit repa-
ru, revint quelque tems après
avec une coquille d'une grandeur surprenante qu'elle tenoit
dans ses serres. O *Vilkonhis*, fus-
ce vous qui me fit ce nouveau
présent? ou l'instinct de ces animaux est-il assez parfait pour les
porter à ce point de raison? La
grande coquille étoit pleine
d'eau, & il y en avoit plus qu'il
n'en falloit pour me desaltérer
pendant plusieurs jours.

J'étois dans l'admiration extraordinaire de ces choses, lorsque les deux aigles jetterent de
grands cris, leverent de force
une branche que quatre hommes n'auroient pû ébranler, &
se fourrerent avec précipitation
dans le nid. Je ne sçavois que
penser d'un effroi si extraordinaire; il étoit cependant bien

fondé, & ce qui fuivit, m'apprit la caufe des précautions extraordinaires qu'ils avoient prifes, & aufquelles j'avois crû avoir part. Trois oifeaux de l'efpéce de ceux dont j'ai parlé plus haut, parurent dans les airs; ils tiroient droit au nid, & fondirent deffus avec un bruit fi épouventable, que je crus que le nid en alloit être bouleverfé.

Mes hôtes redoublerent leurs cris alors, & fe drefferent fur leurs pattes avec l'air de réfifter de toute leur puiffance à leurs ennemis. Sans l'heureufe précaution qu'ils avoient prife, nous étions tous perdus; les terribles oifeaux livroient le plus cruel combat. Je crus dans cette extrémité devoir faire mes efforts pour foutenir l'affaut; je pris mon bâton, je m'en efcrimai, & je ne portai point dé

coup qui ne fatiguât extrémement nos ennemis; leurs pattes
s'en reſſentirent, & je leur donnai tant de coups, qu'ils furent
obligés de combattre en volant;
d'abord qu'ils appuyoient le
pied ſur les branches, je les obli-
geois à les quitter ſur le champ,
cela les fatiguoit, je m'en ap-
percevois, & j'en augurois bien.

En effet, ils furent obligés de
mettre un intervale à leurs atta-
ques, ils ne pouvoient plus ſe
ſoutenir, ils furent ſur une roche voiſine reprendre haleine.
Pendant ce tems mes hôtes travaillerent à raccommoder les
branches qui avoient été dépla-
cées. Je fus témoins de l'adreſ-
ſe avec laquelle ils les entrela-
çoient. Le combat précédent
& cet exercice paroiſſoient les
avoir beaucoup fatigués, je le
reconnus à leurs aîles, ils ne

pouvoient plus les foutenir, &
je m'étois apperçu que ce fim-
ptôme étoit une preuve de laf-
fitude ou de maladie parmi eux.

Cependant la crainte qu'ils
ne fuffent pas en état de foutenir une feconde attaque, me fit
imaginer de les faire boire pour
les raftaîchir; je leur portai de
l'eau dans le creux de ma main,
& je ne leur en eus pas plûtôt
fait avaller, qu'ils vinrent à la
coquille s'y defaltérer à longs
traits; ils s'en trouverent fi bien,
qu'ils parurent auffi frais qu'a-
avant le combat. Il ne man-
quoit que la parole à ces animaux, leur inftinct étoit parfait,
il n'y avoit pas jufqu'aux aiglons
qui ne donnaffent des marques
de courage & de fentimens; ils
avoient beaucoup aidé dans le
combat en donnant de grands
coups de bec dans le ventre

de l'ennemi commun ; ils en
avoient été fort incommodés ,
& cela n'avoit pas peu contri-
bué à les faire retirer.

Cependant les oiseaux ennemis ne s'étoient éloignés que
pour reprendre haleine; ils re-
vinrent bientôt à la charge.
Leurs efforts prodigieux n'auroient cependant pas mieux
réussi que la premiere fois sans
un secours qui leur arriva. Deux
autres oiseaux de la même espéce survinrent ; pendant que
les autres combattoient , ils ar-
racherent avec leurs terribles
becs les branches. Dans un instant le passage fut ouvert, alors
le combat devint cruel ; mes
malheureux hôtes furent bientôt en sang , & se défendirent
vainement pendant un combat
que toutes les plumes du monde ne pourroient rendre digne-
ment

ment.La valeur la plus engagée
déploya toutes ses fureurs. Me
voyant inutile & incapable de
secourir mes hôtes malheureux,
je crus devoir songer à ma conservation, sans me flater cependant d'y pouvoir réussir; je me
coulai au fond du nid sous les
malheureux aiglons, & me couvris de tout ce qui m'environ-
na, afin d'empêcher au moins
que je ne visse en face la mort
qui m'alloit moissonner.

Ce combat dura encore deux
heures, après quoi les cris ces-
serent, & le calme succéda. Je
m'hazardai à lever les yeux & à
regarder au haut du nid, je ne
vis rien que mon aiglon seul
couvert de sang & de blessures,
& le nid ou arraché ou emporté; j'hazardai à sortir de ma place & à examiner de plus près
le champ de bataille, il étoit

couvert de sang & de plumes ;
je jettai les yeux aux environs ;
quelle fut ma douleur, & pour
bien dire mon desespoir, en
voyant sur la roche prochaine
les corps de mes chers hôtes,
que les oiseaux ennemis dévo-
roient à mes yeux. O Ciel, m'é-
criai-je tout éperdu, que vais-
je devenir ! qui aura soin de
moi & de mon cher petit aiglon? Par quel miracle pour-
rai-je descendre de cette roche
escarpée ? Malgré les pleurs
que je répandois abondam-
ment, je prévis ce qui pouvoit
arriver. Je ramassai le duvet,
j'en couvris l'aiglon, afin que
s'il arrivoit que les ennemis re-
vinssent, ils n'achevassent pas
de lui ôter la vie. Je me reca-
chai dans mon trou, où je re-
stai jusqu'au jour suivant. Les
cris de l'aiglon qui se plaignoit

fans doute ou de fes bleſſures,
ou de la faim; m'éveillerent en
furfaut; je me levai avec empreſſement pour jouir de la con-
folation de voir ce cher animal.
Hélas! en quel état le trouvai-
je? Il avoit preſque perdu tout
fon fang; fes aîles traînantes,
fon bec ouvert & fes yeux fer-
més dénotoient les approches
de la mort; je l'appellai du nom
d'amitié, dont je me fervois ordinairement, il tourna foible-
ment la tête, & me regarda
avec un air qui m'attendrit jufqu'aux larmes. Il étoit froid, je
l'embraſſai & fis mon poſſible
pour le réchauffer, je ne fçavois
qu'imaginer pour le tirer de fa
langueur.

Après l'avoir ferré long-tems
dans mes bras & m'être apperçu qu'il revenoit peu-à peu, je
vifitai fes bleſſures; elles n'é-

toient pas dangereuſes , je les
lavai & les bandai le mieux
qu'il me fut poſſible ; tout cela
fait, je cherchai de quoi lui donner à manger , il me reſtoit heu-
reuſement la moitié d'une vache & quelques morceaux qui
avoient été dépecés , je les lui
préſentai. Son plus grand mal
étoit la faim : à peine eut-il ſen-
ti l'odeur de cette viande , qu'il
battit les aîles de joye, & en
mangea avec avidité ; j'augu-
rai bien de cet appétit , il me
prouvoit qu'il n'y avoit point
de cauſes mortelles dans ſa langueur. En effet au bout de trois
jours il reprit toutes ſes forces,
& ce qui me conſola le plus,
fut qu'il s'appuyoit ſur la patte
qu'il avoit eu caſſée. Cet oiſeau
é oit d'une beauté parfaite , il
avoit une couronne ſur la tête
comme ſon pere, ſes aîles s'al-

longeoient à vûe d'œil, & il
paroiſſoit qu'il ne ſeroit pas
long tems ſans être en état de
prendre l'eſſort & de ſe promener dans les airs.

Dès le lendemain j'eſſaïai de
monter ſur lui, afin de l'y ac-
coutumer inſenſiblement, &
pour qu'il m'y ſouffrît avec plus
de complaiſance, je lui don-
nois de là à manger, ce qui le
rendoit ſouple & doux comme
un mouton.

La proviſion de fruit que mes
malheureux hôtes m'avoient
apportés, me fut alors d'une
grande conſolation ; je le mé-
nageai ſi bien, que j'en eus juſqu'au jour de mon départ ; il arriva quinze jours après dans un
moment où je m'y attendois le
moins. Je m'étois mis à mon
ordinaire ſur le col de mon
cher oiſeau, lorſqu'il prit tout-

à-coup son vol, & sortit de son nid; j'en fus d'abord effrayé à cause de l'irrégularité avec laquelle il fendoit les airs; tantôt il me portoit jusqu'aux nues, & un moment après il se laissoit descendre avec une pesanteur qui me faisoit frémir d'effroi. Mais je m'inquiétois sans fondement; mon aiglon ravi de se sentir en état d'aller tout seul, se laissoit emporter aux charmes de la liberté, il me le fit connoître par le tems qu'il resta dans le Ciel, il ne s'en lassoit point, & ce ne fut qu'à l'entrée de la nuit qu'il descendit enfin sur le sommet d'une montagne.

Je mis pied à terre & la baisai: après tant d'infortunes pouvois-je espérer un pareil bonheur? Je remerciai avec des larmes sincéres le grand *Vilkonbis*, à qui j'en étois redevable.

En effet, le miracle étoit évident, & mérioit une reconnoiffance & une admiration perpétuelle.

Si mes malheurs avoient été d'une nature à recevoir une confolation, j'en aurois eu une entiere alors, je me voyois libre après le plus cruel efclavage, je poffédois en mon petit, (c'étoit le nom d'amitié que j'avois donné à mon aiglon) un tréfor précieux, dont le zéle & l'affection pouvoit répondre à tous mes defirs. Le principal étoit de me venger de l'*Houcaïs* , & de fçavoir fi *Clemelis* avoit eu part au fupplice cruel auquel j'avois été condamné. Mon cher petit me devenoit d'une utilité extrême dans ce projet, & j'imaginois des moyens infaillibles pour y parvenir, il ne s'agiffoit plus que de fçavoir le nom de la terre où j'étois, & de m'informer de la route qu'il falloit tenir pour arriver dans le Royaume des *Abdalles* ; la chose n'étoit pas bien difficile. Il me parut en examinant les lieux, que j'étois aux environs d'une grande Ville : là il m'étoit facile de m'instruire & de prendre ensuite toutes les mesures convenables pour remplir mon dessein.

Je cherchai dans un bois voisin un asile pour y passer la nuit. Une ferme abandonnée sur la lisiere de la forêt, me parut aussi sûre que commode ; nous nous y arrangeâmes mon petit & moi le mieux qu'il nous fut possible ; je me mis sous une de ses aîles pour y reposer, & j'y étois aussi doucement que dans un lit. La possession d'un bien entraine une inquiétude naturelle ;

je

je fus long-tems sans reposer,
par la crainte qui me survint de
ce que je ferois de mon petit,
tandis que je descendrois à la
Ville ; je n'avois aucuns lieux
où je pus l'enfermer, j'avois
résolu de lui attacher une chaîne au pied pour en être sûr
dorenavant, mais je ne la tenois pas alors cette chaîne, &
jusqu'à ce que j'en eus acquise
une, je ne sçavois comment
m'assurer de mon précieux oiseau ; il n'étoit pas naturel aussi
que je le conduisisse avec moi à
la ville, je me serois mis dans
le cas de perdre le seul bien qui
me restoit, & qui m'étoit bien
cher, puisqu'il étoit dû à la grandeur de mes souffrances. Une
agitation extrême à ce sujet,
m'empêcha de fermer les yeux,
& il étoit déja grand jour que
je n'étois pas encore décidé sur

VII. Partie. K

les moyens dont je devois user dans cette délicate occasion.

Après avoir pressé de nouveau mon imagination, je me remis entierement entre les bras de la Providence ; elle m'avoit si bien gouverné jusqu'alors, que je ne doutai pas qu'elle n'achevât son ouvrage. Je résolus en attendant de me faire porter par mon petit sur une haute tour que je découvrois ; je montai sur lui, & le flatant du col, & le poussant avec la main, je lui fis prendre son vol droit à la ville : elle me parut grande & fort peuplée, les places & les rues étoient remplies de monde ; leurs habillemens étoient si singuliers, que je jugeai par là que j'étois bien éloigné du Royaume des *Abdalles*. Cette idée m'affligea ; comment apprendre cette route que

je voulois tenir , si ma langue
différoit de la leur? Je descen-
dis sur la tour en faisant cette
réflexion. Ju fus surpris en jettant les yeux sur la Ville , de la
quantité de peuple qui m'exa-
minoit ; à chaque minute il augmentoit, vous eussiez dit un
essain d'abeilles. Je jugeai que
j'avois été apperçu dans les airs,
& que la maniere singuliere
dont j'étois arrivé sur la tour ,
étoit l'objet de cette admiration
publique. Cela étoit tout simple ; mais je ne m'attendois pas
à ce qui arriva. Ces Peuples su-
perstitieux passerent de cette
admiration au culte superfti-
tieux ; ils me prirent pour une
Divinité. (a) Je ne pus en dou-

_____

(a) Si les Anciens avoient été assez heureux pour que cette histoire eût paru de leur
tems, ils ne seroient pas tombés dans les té-
nébres du Paganisme : il est évident que ce
passage dévoile bien des obscuritez. L'al-

K ij

ter par leur conduite ; les uns étendoient les bras , les autres rampoient à terre , & presque tous hurloient effroyablement. L'aiglon surpris de ces clameurs & de cette quantité de peuple, fut vingt fois à la veille de s'envoler de frayeur ; sans cette docilité qu'il avoit pour mes volontez , je n'aurois pû le retenir, il n'étoit pas accoutumé à voir si bonne compagnie ; cependant il s'y habitua peu-à-peu.

Les habitans de cette grande Ville ne s'en tinrent pas long-tems aux marques extérieures de la vénération qu'ils croïoient me devoir , ils s'empresserent

légorie de Jupiter sur un aigle n'est autre chose que cette aventure de *Lamekis*. Les Egyptiens qui le virent porté dans les Cieux par son aiglon le prirent , comme il est fort bien dit , pour une Divinité ; & c'est de là qu'on a tiré toute la Fable.

d'arriver à la tour fur laquelle j'étois, & dans un inftant elle fut environnée d'une foule innombrable. Cette tour avoit un efcalier extérieur fait en coquille de limaçon fort large, par lequel une vingtaine de perfonnages mis d'une façon finguliere (a) portant des animaux en vie au bout d'un bâton, le montoient en fautant fur un pied & en chantant un air, dont le refrein répété à tous les inftans, avoit quelque chofe de merveilleux & de fou. A leur vûe l'aiglon allongea le col, battit les aîles comme un petit à qui on va donner à manger, & puis vola tout d'un coup à cet efcalier. Je ne fçavois quelle étoit fon idée, mais j'en fus bientôt éclairci ; il avoit faim fans

(a) Voyez la defcente de Semiramis dans les Catacombes, I. Partie pag. 75.

K iij

doute , il voyoit au bout de ces bâtons des viandes aufquelles il étoit accoutumé, & crut qu'on venoit humainement lui porter à déjeûner ; il fe jetta fur un mouton porté par deux hommes , il le faifit & l'enleva en jettant un cri de joye & de faim. L'un de ceux qui portoient le bâton , ne voulut point le lâcher par fuperftition, & fut emporté avec fon mouton. A cette vûe un cri général jetté par le peuple , fit recentir tous les environs. En effet, le fpectacle étoit fingulier , & devoit donner une grande idée de ma puiffance , fi j'étois regardé comme l'auteur de ce qui venoit de fe paffer.

L'aiglon fut fe percher fur une autre tour à l'extrémité de la Ville, où dès qu'il fut, il déchira en piéces le mouton. Le

malheureux qui avoit été enlevé & qui avoit tenu bon malgré la frayeur dont il devoit être
saisi, ne fut pas plûtôt à terre,
qu'il se jetta à mes pieds en coignant son front sur la pierre
& en me parlant un idiome (*a*)
dur & barbare, que je jugeai
être une priere fervente par les
gestes (*b*) dont il accompagnoit
chaque période ; il se tournoit
de tems en tems vers mon petit
auquel il adressoit à son tour des

(*a*) Strabon prétend que c'étoit de l'he-
breu, Scaliger assure cet idiome syriaque,
pour moi, après bien des recherches, j'ai
trouvé que ce n'étoit ni l'un ni l'autre de
ces Langues, & qu'il faut être fou pour
s'arrêter à tout ce que disent les Sçavans
en pareille matiere. Après vingt volumes
lûs, l'on est moins éclairé qu'on ne l'étoit
auparavant.
(*b*) Les Egyptiens mettoient les doigts
dans les oreilles, & tappoient du pied
pour prier. Les Juifs ont retenu d'eux cette maniere impatiente d'adresser leurs
vœux au Ciel.

p aroles. Mais l'aiglon sans s'en
embarrasser, croquoit le mouton avec un appetit qui me faisoit songer au besoin que j'aurois bientôt de l'imiter.

J'aurois bien voulu pouvoir
profiter de l'occasion favorable
qui s'offroit pour entretenir le
barbare, mais l'idée que j'avois
de n'en être pas entendu, m'empêcha de lui adresser la parole ;
je l'examinois avec beaucoup
d'attention, & je souffrois de
l'erreur dans laquelle je le
voyois ; ses agitations me faisoient autant de pitié que l'état
cruel où il se réduisoit par sa
pieté ridicule : son front étoit
tout en sang à force de me donner des marques de son respect,
& il n'étoit pas possible qu'il ne
se cassât entierement la tête,
pour peu que cela eût duré plus
long-tems.

L'humanité dont je me fuis toujours piqué, m'émeut, & me fit defcendre de deffus mon petit. A peine l'inconnu me vit-il, qu'il fe mit le ventre à terre, & fe débattit comme un poffédé ; j'accourus à lui & fis mes efforts pour le relever, afin d'empêcher ces mouvemens convulfifs ; je ne trouvai pas d'autres moyens que de le faifir par les cheveux de toutes mes forces. L'aiglon qui m'avoit obfervé, & qui crut fans doute que ce malheureux homme en vouloit à ma vie, accourut & lui donna vingt coups de bec qui lui auroient arraché mille vies s'il en avoit eu autant, & le jetta enfuite de la tour en bas. Si je fus au défefpoir de cette barbarie, je n'en jugeai pas moins que j'avois en cet animal un défenfeur bien puiffant, & qu'il falloit

que son inclination pour moi
fût bien grande. En effet, à peine eut-il précipité le barbare,
qu'il vint à moi, me caressa en
sa maniere, en me passant son
bec sur le visage, & en me le
mordillant, & puis en se cou-
chant comme pour m'inviter à
remonter sur lui. Je le flatai,&
me rendis au desir qu'il expri-
moit si intelligiblement. Dès
qu'il me sentit sur lui, il battit
les aîles de joye, & retourna
dévorer le reste de son mouton
avec autant de sens froid, que
s'il ne se fût porté à aucune extrémité.

Cependant ce qui venoit de
se passer, avoit occasionné une
rumeur épouventable parmi
les peuples de la Ville; ils ne
nous avoient pas perdus de vûe,
& nous avoient suivis jusqu'à la
tour; ils avoient jetté des cla-

meurs horribles en voyant pré-
cipiter leur compatriote. Il paroissoit à la maniere dont ils s'é-
toient assemblés, qu'ils tenoient
un grand Conseil, autant que
j'en pus juger du lieu où j'étois.
Il se termina par une nouvelle Ambassade, j'en frémis de
frayeur pour les Députés: en effet, à peine parurent une tren-
taine de ces Barbares habillés
comme celui qui avoit péri,
que mon petit sortit de sa place,
& voulut aller à eux. Je le re-
tins par la tête, & le flatai ; il
comprit sans doute ce que je
voulois lui dire, & s'arrêta tout
court ; je continuai à le flater,
& fis un signe de la main aux
Députés montés sur la tour,
comme quand on veut renvoïer
quelqu'un. Apparemment que
ce signe signifioit tout le contraire parmi ces peuples. A pei-

ne l'eurent-ils entrevû, qu'ils se
mirent tous à sauter à pieds
joints, & se prosternerent à terre en se coignant la tête avec le
même bruit & la même mesure
que les marteaux de Forgerons sur une enclume. J'enrageois de ces marques cruelles
& ridicules de respect ; l'aiglon
lui-même en paroissoit étonné,
& sembloit s'en amuser. O Ciel,
m'écriai-je hautement, se peut-
il que les hommes créés par
toi soient capables de tels éga-
remens ?

A peine eus-je prononcé ces
mots, que ces malheureux se
mirent à faire la culbute, & à
danser sur la tête. Pendant ce
tems-là l'un d'eux, vieillard aussi
respectable par la blancheur de
ses cheveux, qu'il étoit extravagant par sa danse sur un pied,
m'adressa ces mots dans ma pro-

pre langue , dont je treſſaillis
de plaiſir & d'horreur ; de plaiſir par la conſolation de pouvoir
l'entretenir , & d'horreur par les
promeſſes affreuſes qu'il me faiſoit de verſer le ſang d'un nombre de victimes humaines pour
appaiſer, diſoit-il, mon cour-
roux.

Lan-douil-loc , (*a*) s'écria le
Vieillard (en danſant toujours
ſur un pied) *daigne écouter nos
timides voix. Depuis le lever de ton
fils (b) juſqu'à ſon coucher, nous
t'adorons ſans ceſſe ; ton temple eſt
pur & tes filles perpétuellement pu-
rifiées , tu te montre aujourd hui ;
que ta préſence nous comble des
biens dont nous avons beſoin ! Cent
garçons des plus beaux & des plus
frais vont être ſacrifiés ſur ton au-*

(*a*) Seigneur de toutes choſes.
(*b*) Ils prenoient *Lamekis* pour le Pere
du Soleil.

*sel, & tant que tu paroîtras, on y
en immolera le même nombre tous
les jours. Kat-ka-la.* (c)

Ma réponfe fut fimple : ren-
voyez ces Peuples, lui dis-je,
& reftez. A peine eus-je prononcé ces mots, que le Vieillard s'arracha un œil, & me le
préfenta ; je tournai la tête à
cette horrible offrande, & le
Miniftre la retira. Les autres
perfonnages apporterent un
baffin de criftal, reçurent l'œil
& l'emporterent avec cérémo-
nie, en fautant à pieds joints.

Lorfque je fus feul avec le
Vieillard, je commençai par ce
qui m'intéreffoit le plus, & lui
demandai la route qu'il falloit
tenir pour fe rendre dans le
Royaume des *Abdalles* ; mais au
lieu de me répondre, il danfoit
fur fa tête. J'enrageois, jamais

(a) Miféricorde.

vieillard ne fut plus extravagant
& plus têtu ; il n'étoit pas possible de le mettre à la raison, il
sautoit toujours.

Je pris le parti de le laisser
faire & d'attendre que la lassitude le contraignît à cesser de
sauter ; mais sa vigueur n'étoit
pas à bout, il cabrioloit de mieux
en mieux. L'aiglon qui étoit
jeune, trouva sans doute cette
manœuvre amusante, & se mit
aussi à sauter ; je ne pus m'empêcher d'en rire, & d'en sauter
à mon tour.

Enfin ce maudit Vieillard se
laissa tomber à la renverse, j'en
bénis le Ciel. Je puis donc enfin vous parler, lui dis-je ? puis-
je espérer que vous me répon-
drez, & que vous m'apprendrez
la route que je dois tenir pour
me rendre dans le Royaume
des *Abdalles? Lan douil-loc*, re-

prit le Vieillard en pouvant à
peine parler de fatigue, tu fçais
tout, & tu me queſtionne ! Si
cela étoit, repris-je, je ne vous
interrogerois pas ; au nom de
ce qui vous impoſe le plus, répondez-moi. Soit, *Lam-dauil-loc,*
reprit-il, tu badine, mais qu'im-
porte : le Royaume des *Abdal-*
les eſt à ta gauche : en ſuis-je
bien éloigné ? A mille *baldail-*
lak. (a) Quel eſt le nom de cette terre continuai-je ? L'Egyp-
te, répondit le Vieillard. A ces
mots je treſſaillis, c'étoit mon
pays. Je demandai avec empreſſement le nom de la ville,
& j'appris que c'étoit la capitale, ſéjour heureux où mon il-
luſtre pere avoit donné des preu-

(a) Journées : elles étoient meſurées
ſur la courſe d'un homme depuis le lever
du Soleil juſqu'à ſon coucher, ce qui alloit à environ vingt lieues.

ves de ſa grandeur & de ſon héroïſme; ſa réputation étoit toujours dans la plus haute eſtime, *Semiramis* vivoit encore. Je conçus ſur le champ le deſſein de venger la mort de mon pere, j'en avois une occaſion parfaite. Mon deſſein avoit été de deſabuſer le Vieillard ſur ma divinité prétendue; il étoit Grand-Prêtre & ſucceſſeur de *Lamekis*, je ne crus point offenſer le Ciel, en demeurant à ce ſujet dans le ſilence & en me ſervant des moyens qui m'étoient donnés pour punir une Reine criminelle. Après m'être inſtruit de tout ce qui pouvoit être propice à mon projet, je renvoyai le Vieillard, avec ordre de m'amener *Semiramis*, à laquelle je voulois, ſuppoſois-je, expliquer mes volontez ſuprémes: à peine eus-je parlé que je fus obéi.

VII. Partie. L

O Ciel, se peut-il que l'âge occasionne de si prodigieux changemens! Cette Reine dont la beauté suprême avoit été la source de tant de crimes, me parut un squelete vivant monstrueux : quatre Vieillards coëffés de têtes de bœufs la portoient sur un brancard en sautant à pieds joints. A sa vûe ma fureur s'alluma : reçois la punition de tous tes forfaits, m'écriai-je, tu vois le fils d'un pere illustre que tu as fait périr ; *Lamekis* ne vit plus, mais le Ciel m'a conservé pour venger ses manes irritées. En prononçant ces mots je déchargai vingt coups de bâtons sur la tête de *Semiramis* , elle en fut assommée. L'aiglon qui m'observoit à son ordinaire , & dont l'instinct lut dans mes yeux mon indignation, acheva le suppli-

ee , il la dépeça en plufieurs
morceaux , & fi les Prêtres de
Serapis (car c'étoient eux) ne fe
fuffent enfuis aux premieres
marques de fa fureur , il n'y a
pas lieu de douter qu'ils n'euffent été déchirés à leur tour.

J'avouerai fincérement , ô
Sinoüis , que cette vengeance
eut pour moi des charmes , il
me fembla qu'elle fervît de préfage à une autre que je croïois
auffi légitime. L'idée de *Clemelis* infidelle & féduite par *Mo-
tacoa* ne me fortoit point de l'ef-
prit; cependant avant que de
m'abandonner au tranfport qui
me dominoit , je voulus être
utile à ma patrie en faifant mes
efforts pour la tirer de l'aveuglement où elle étoit au fujet
de fes faux Dieux. Toute la Ville étoit affemblée dans une grande place au pied de la tour où

toutes ces scénes venoient de se jouer. Le Peuple paroissoit dans une consternation qui n'a point d'égale ; je voulus avant de le quitter l'haranguer, le désabuser sur l'honneur qu'il me faisoit, de me prendre pour un Dieu, & me servir de cette occasion pour l'engager à quitter la superstition & à exiger un culte légitime & plus vrai. Dans cet esprit je remontai sur l'aiglon, je le pressai doucement du genou, lui appuyant la main sur la tête, il entendoit ces signes, & je le fis descendre sur un dôme d'où je pouvois être étendu. Mon projet eut toute la réussite que j'en devois attendre. Le Peuple à mon arrivée s'assembla de toutes parts, je demandai le Grand-Prêtre, il sçavoit ma langue, & il me servit de truchement.

A peine les Peuples eurent-
ils appris que j'étois le fils du
Grand-Prêtre *Lamekis*, qu'ils té-
moignerent leur joye, & me
prêterent une exacte attention.
J'en profitai pour expliquer mes
vûes, je les remplis avec tant
de bonheur, que sur la fin du
jour le culte de *Serapis* & de
toutes les fausses Divinitez fut
anéanti ; les preuves qui m'en
furent données, ne me permi-
rent pas d'en douter. Ils apporterent toutes leurs idoles au milieu de la place, & les brulerent
avec des cris de joie qui me
prouverent la sincérité de leur
conversion.

Cependant ces Peuples m'a-
voient demandé une grace qui
me jetta dans le dernier embarras, & qu'il étoit bien difficile
de refuser. C'étoit celle de les
instruire dans la nouvelle voie

que je venois de leur tracer; ils me propofoient d'être leur Grand-Prêtre, de faire bâtir un Temple au grand *Vilkonbis*, & de leur enfeigner fes loix. Au lieu de tout quitter pour répondre à un honneur auffi infigne & auffi flateur, ma vengeance projettée m'occupoit tellement que je remis à un autre tems un ouvrage qui exigeoit le premier de mes foins. O *Vilkonbis*, tu m'en as puni, j'en fouffre encore aujourd'hui, la fuite de mes malheurs en eft une preuve bien couvaincante, il eft jufte que j'expie un auffi grand crime, & que j'en reçoive la punition avec une entiere & refpectueufe déférence.

Les Egyptiens parurent humiliés de ce que je ne reftois pas avec eux, j'eus beau les affurer d'un promt retour, ils fe

mirent à jetter des cris pitoya-
bles & douloureux : l'aiglon en
fut si émû , qu'il s'envola , je
n'en fus point fâché , il m'épar-
gna par cette fuite bien des sujets d'attendriſſement.

Je lui tournai la tête vers la
gauche, & ne lui donnai du re-
lâche qu'en paſſant au deſſus d'un
bois où je vis des arbres char-
gés de fruits ; la faim me preſſoit ;
j'en cueillis, en mangeai & fus
me deſalterer au bord d'un ruiſ-
ſeau. Des moutons qui paiſ-
ſoient dans les environs, ſervi-
rent de pâture à mon petit , il
en croqua un qui s'étoit écarté.
Après avoir repû l'un & l'autre,
nous nous remîmes en chemin,
& nous fumes nous coucher
ſur un rocher dont la cime s'é-
levoit juſqu'aux nues.

Nous voyagâmes de cette
maniere pendant vingt jours ,

en tirant toujours fur la gauche, felon l'inftruction qui m'avoit été donnée par le Vieillard. Le vingt-uniéme fur les midi je reconnus la grande éguille de la capitale du Royaume des *Abdalles*, qui fe voyoit de trente lieues à la ronde. Mon cœur s'émut à cet afpect & treffaillit de joie & puis de fureur; je fus paffer la nuit dans une forêt prochaine, & la fuivante je defcendis dans un quartier écarté de cette Ville fi chére, chez un Affranchi qui me devoit fa fortune, & fur lequel il me fembloit pouvoir compter.

J'en fus reçu effectivement avec des tranfports fi vifs d'amitié & de plaifirs, que je ne craignis point de lui faire part des raifons qui me ramenoient. Il ne pouvoit affez s'étonner que je fuffe échappé au fupplice ce où j'avois été condamné, & tiroit cette conséquence après le récit de mes aventures, que le Ciel ne s'étoit pas déclaré si hautement mon protecteur sans avoir des desseins bien grands & bien dignes d'admiration. J'appris de lui que l'*Houcaïs* étoit revenu du Royaume des *Amphitéocles* dans le sien peu de tems après ma proscription. Pour le rapport qu'il me fit de *Clemelis*, il m'étonna : elle vivoit dans une retraite austere, ne voyoit plus personne, pas même la Reine & ses plus intimes amis, & passoit ses plus beaux jours dans une tristesse & dans une langueur continuelle.

J'appris encore que peu de tems après mon départ l'*Houcaïs*, la Reine & *Boldeon* avoient fait tous leurs efforts pour la

VII. Partie. M

porter à unir fon fort avec celui de *Zelimon*, qui étoit réchap-
pé de fes bleffures ; mais que
cette époufe encore trop chére
à mon cœur, s'étoit déclarée
hautement fur toutes les vûes
qu'on pourroit avoir fur elle,
en proteftant qu'elle ne feroit
jamais à perfonne.

Je m'informai curieufement
de quelle maniere l'*Houcaïs* vivoit avec elle, & s'il n'étoit pas
poffible que cette retraite ne
fût un prétexte habile pour fe
voir avec plus de liberté ; l'Affranchi m'affura le contraire.&
pour ne me laiffer, difoit-il, aucun doute à ce fujet, propofa
de me faire cacher dans la maifon de *Clemelis* pendant tout le
tems qu'il me plairoit. La chofe lui étoit facile, fon frere en
étoit l'économe, & avoit fon
logement difpofé de forte qu'il

ne pouvoit entrer ni fortir perfonne de l'appartement de ma femme fans qu'il s'en apperçût ; l'occafion même étoit la plus favorable, l'Econome étoit abfent pour les affaires de fa Maîtreffe, l'Affranchi pendant ce tems vaquoit à fa place aux affaires de la maifon.

J'étois trop inquiet & trop jaloux pour échapper un moyen fi favorable ; je témoignai à l'Affranchi combien fa propofition étoit de mon goût, & combien je lui ferois obligé de me mettre à même de me convaincre, ou de me raffurer fur des foupçons trop légitimes ; il me promit de m'introduire la même nuit dans l'appartement de fon frere. Je me préparai à cette importante affaire, en me muniffant, d'un *zenguis*, afin de m'en fervir une seconde fois en cas que mes conjectures jalouses se vérifiassent ; j'étois encore dans l'opinion que cette retraite cachoit ma honte & mon deshonneur, & que l'*Houcaïs* possédoit des biens dont la jouissance n'étoit dûe qu'à moi seul : je me fondai sur la maniere affreuse & barbare dont il m'avoit éloigné de ses Etats, après tant de preuves d'amitié données précédemment. Je jugeai qu'il n'y avoit que l'amour & un amour inquiet & jaloux qui eût pû le porter à d'aussi cruelles extrémitez. Les discours de ces jeunes gens dont j'ai parlé, la Lettre trouvée, les entrevûes secretes du Roi & de *Clemelis* & les rapports de *Zelimon*, tout cela me rouloit dans l'imagination, & entretenoir mes idées. Enfin les moyens m'étoient of-

ferts pour éclaircir tous mes
doutes, je les faisis avec une ja-
loufe avidité...

Avant que de me rendre à l'appartement de *Clemelis*, j'enfer-
mai l'aiglon dans une grande
chambre dont l'Affranchi me
donna la clef; je lui avois attaché une chaîne au pied, & il
étoit retenu de façon qu'il n'é-
toit pas poffible de le perdre;
je le recommandai à l'Affranchi comme le feul bien qui me
reftoit, & il devoit avoir de lui
un foin extréme; je l'avois prévenu fur la qualité des alimens
qu'il falloit lui donner, & fur
la maniere dont il en devoit
ufer avec cet animal, afin de
ne point rifquer à s'en faire dévorer.

Nous nous rendîmes vers le
milieu de la nuit chez *Clemelis*,
mon cœur battit en y entrant;

son appartement étoit encore éclairé, je n'en témoignai rien devant l'Affranchi, il me quitta en me promettant qu'il viendroit tous les jours dans la matinée pour y recevoir mes ordres. Mon premier soin fut de parcourir l'appartement, & d'en étudier bien les êtres, afin de pouvoir m'y conduire sans lumiere, en cas que l'occasion le requérât.

Le lendemain j'examinai soigneusement les dehors ; il n'y avoit qu'une cour qui me séparoit de *Clemelis*, mes croisées étoient vis-à-vis les siennes, le même corridor servoit aux deux appartemens, & de la fenêtre qui y donnoit, il ne pouvoit entrer ni sortir personne de chez mon adorable femme, que je ne m'en apperçusse. Je fus comblé de cette découver-

te, il me sembloit qu'elle assu-
roit absolument mon repos.

Dès qu'il fut jour, je me mis
en embuscade pour épier s'il ne
sortoit personne de l'appartement , j'attendis plus de deux
heures sans que rien y parût; la
porte s'ouvrit enfin , je reconnus *Milkea*, cette mere si respectable & que je chérissois tant ;
cette vûe m'arracha des larmes;
elle étoit accompagnée d'une
femme que je sçavois attachée
à *Clemelis* ; elle avoit l'air triste,
& son visage étoit fort changé.
Je ne doutai pas que les pleurs
que j'avois dû lui causer par ma
conduite & par l'idée que je
n'étois plus, ne fussent la source de ce changement & de cette noire mélancolie ; j'en soupi-
rai & je la plaignis avec un vé-
ritable sentiment de douleur &
d'affection.

Mais fi cet objet m'émeut, que ne devins-je pas lorfque *Clemelis* parut. O *Sinoüis*, que fa perfonne me toucha! fa beauté s'étoit confervée dans fon éclat, mais fa langueur me la rendit mille fois plus belle; fon air étoit trifte & rêveur, elle vint fe promener vis-à-vis de mes croifées, s'affit fur l'herbe d'un boulingrin en face, elle en arrachoit des brins d'herbes avec diftraction, & paroiffoit rêver profondément : tantôt elle jettoit fes beaux yeux au Ciel, & ils me paroiffoient alors mouillés de larmes ; enfuite elle regardoit la terre, foupiroit, & j'entrevoyois aux mouvemens de fes lévres & à fes geftes contraints, qu'elle proféroit des plaintes douloureufes. A peine refpirois-je, je ne perdois pas un de fes mouvemens, tout m'étoit cher & précieux, l'amour seul dominoit, j'en étois absorbé, & tant que je jouis de cette chére présence, je ne me trouvai pas capable d'aucune réflexion.

Milkea survint avec une autre fille que celle qui étoit sortie avec elle de l'appartement ; elle avoit un oiseau des Indes à la main qui siffloit sur son doigt, & l'apportoit à *Clemelis*, pour distraire sans doute sa profonde mélancolie. Tout est précieux quand on aime, les mouvemens de mon cœur & de mon visage avoient suivi précédemment tous ceux de *Clemelis* : elle sourit en recevant l'aimable oiseau; je souris avec elle, il fut caressé, il dissipa un moment sa rêverie ; mais que cet intervale fut court ! *Milkea* & l'oiseau se présentoient vanement, *Clemelis* ne voyoit plus rien, ses pleurs avoient pris le dessus, & elle s'abandonnoit hautement au chagrin qui la dévoroit.

Un état si touchant m'attendrit, & me fit faire enfin une réflexion. Il n'étoit pas vraisemblable que *Clemelis* fût aimée de l'*Houcaïs*, & qu'il payât sa tendresse de rigueur ; elle étoit trop digne d'être aimée, pour qu'une passion reciproque fût la source de la fatale situation à laquelle elle étoit en proye. Ces douleurs si bien exprimées & si peu suspectes, ne pouvoient prendre leur source que d'un amour ingrat ou pas assez reconnu, *Clemelis* étoit trop aimable pour se trouver dans ce cas. Que pouvoit-on donc augurer des pleurs qu'elle versoit ? Sans mes préventions cruelles, n'avois-je pas bien lieu de me flatter?

La nuit suivante je me glissai adroitement près de ses fenêtres, & fus témoin à travers, des mêmes marques de douleur. Trois jours entiers d'examen ne servirent qu'à me prouver combien *Clemelis* étoit innocente, & combien j'étois criminel. Je commençois à me guérir entierement d'une jalousie que je ne voyois appuyée d'aucune vraisemblance ; déja je minutois de la surprendre, de m'éclaircir de mes soupçons, & de lui rendre ensuite toute ma tendresse; j'en avois prévenu l'Affranchi le même jour ; il applaudit à mon dessein, mais j'aurois été trop heureux. Un hazard malheureux renversa ces projets favorables, & me rendit tous mes anciens préju-

gés. O Ciel, je n'y puis encore songer sans en frémir de fureur! Mettez-vous à ma place, ô *Sinoüis*, & vous conviendrez qu'elle étoit légitime. Prévenu des mouvemens dont je viens de vous entretenir, je sortois la quatriéme nuit de mon appartement dans l'intenti on de frapper doucement aux fenêtres de *Clemelis*, & après m'être fait reconnoître, de lui demander une audience secrete pour m'expliquer avec elle, lorsqu'en ouvrant la porte de l'appartement, j'entrevis quelqu'un qui s'introduisoit dans celui de ma femme; je demeurai interdit, malgré l'obscurité de la nuit j'avois fort bien démêlé que c'étoit un homme, & à ses habits qu'il n'étoit pas du commun; je ne doutai pas que ce ne fût le Roi, il n'y avoit dans cette maison
d'autre

d'autre homme que moi. Outre
que l'Affranchi m'en avoit averti, mon propre examen m'en
avoit convaincu. Qui auroit
été s'introduire à une telle heure dans cette maison, qu'un
Prince puissant, ou un Amant
privilegié? l'un & l'autre m'é-
toient égals. Je résolus pour le
coup de prendre si bien mes
mesures, que les coupables n'é-
chapperoient plus à ma juste
vengeance; il ne s'agissoit que
d'épier le moment où la porte
s'ouvriroit; il y avoit apparence que l'Amant se retireroit
avant que le jour parût. L'attente n'étoit pas longue, je me
mis à côté de la porte le poignard à la main, & mon dessein étoit, après en avoir frap-
pé mon Rival, de pénétrer jus-
ques dans l'appartement de
Clemelis, & de la sacrifier à la

fureur de mon reſſentiment.

Plus l'inconnu tarda à paroître, & plus *Clemelis* me parut
coupable, l'intelligence étoit
trop bien prouvée, pour que
mon cœur oſât prendre le parti de l'infidelle, & il étoit preſque jour que rien ne paroiſſoit,
j'étois dans une agitation horrible, une ſueur froide me couvroit le front, & moi qui vouloit frapper, à peine pouvois-
je me ſoutenir.

Enfin la porte fatale s'ouvrit,
que vois-je? *Clemelis* appuyée
ſur le même homme; je preſſai
ſi fort ma vengeance, que le
poignard gliſſa ſur celui que je
prenois pour mon Rival, un
ſecond coup l'étendit à mes
pieds, ma fureur étoit au comble, j'avois reconnu *Clemelis*,
elle reconduiſoit l'inconnu, &
ſe ſéparoit de lui avec une dou-

ceur qui ne laissa plus de doutes à mes supçons. Trois coups
de *zenguis* portés avec une ja-
louse fureur, me parurent suffi-
sans pour lui arracher une vie
criminelle. Après cette punition, que je croyois on ne peut
pas plus légitime, je m'enfuis
chez l'Affranchi ; j'avois la clef
des deux maisons, & je sortis
de l'une, & je rentrai dans l'autre sans aucun empêchement.

J'étois plongé dans un trou-
ble si affreux, que je ne songeai point à mon cher aiglon,
il falloit pour cet effet que je
fusse bien agité, car je sçavois
combien cet animal aimable
souffroit de mon absence, L'Affranchi m'avoit rapporté qu'il
étoit d'une tristesse extrême, &
qu'il ne vouloit plus manger.
J'avois résolu à cette nouvelle
de revenir exprès le voir, pour

cet instant je n'y songeai nulle-
ment, je n'étois rempli que de
ce qui venoit de se passer ; mais
si mon honneur me sembloit
satisfait, mon cœur ne l'étoit
pas. Malgré tant de sujets de
haine & de mépris contre *Clemelis*, je n'avois jamais cessé un
instant de l'aimer. Selon l'état
secret de mon ame que mes
cruelles réflexions dévelop-
poient, je prévoyois trop que
cet amour ne seroit terminé
qu'au tombeau.

J'étois plongé dans un abîme
de regrets, de remords, & de
soucis les plus ameres, lorsqu'on frappa à la porte à coups
redoublés, j'en fus saisi secre-
tement. Ah ! sans doute, me
dis-je à moi-même, qu'on en
veut à ma liberté, & qu'on va
me punir une seconde fois de la
recidive de mes crimes. Cette

idée fit une impreſſion ſi vive
ſur moi, & celle de la barbarie
dont on avoit uſé dans le premier ſupplice, m'émeut au
point, que je courus à la chambre où étoit renfermé l'aiglon,
avec le projet de le détacher,
d'ouvrir les fenêtres, & de me
ſauver avec lui.

Ce cher animal ne m'eut pas
plûtôt entrevû, qu'il jetta des
cris de joye, battit des aîles, &
me donna toutes les preuves
du conſentement le plus parfait ; j'attendis à l'en remercier
dans un tems plus commode.
J'entendois un bruit épouventable & les clameurs les plus
funeſtes. En ſortant par la fenêtre je vis un grand monde aſ-
ſemblé, & un corps porté par
des Eſclaves qui entroient dans
la maiſon. Sans m'éclaircir

d'une aventure à laquelle je ne
devois pas avoir part, je pref-
fai des genoux l'aiglon, & bientôt après nous nous perdîmes
l'un & l'autre dans les airs.

Fin de la septième Partie.

www.ingramcontent.com/pod-product-compliance
Lightning Source LLC
Chambersburg PA
CBHW071232260626
47162CB00004B/1535